CARLO COLLODI

# AS AVENTURAS DE PINÓQUIO

FARO EDITORIAL

Versão de domínio público adaptada por Monteiro Lobato.

Diretor editorial **PEDRO ALMEIDA**
Coordenação editorial **CARLA SACRATO**
Assistente editorial **JESSICA SILVA**
Preparação **ANA CAROLINA SALINAS**
Revisão **CIBELIH H. TORRES E CRIS NEGRÃO**
Capa e diagramação **REBECCA BARBOZA**
Ilustrações de miolo **VOLKANAKMESE, ARDEA-STUDIO, DENYS KOLTOVSKY | SHUTTERSTOCK**

Dados Internacionais de Catalogação na Publicação (CIP)
Jéssica de Oliveira Molinari CRB-8/9852

Collodi, Carlo, 1826-1890
As aventuras de Pinóquio / Carlo Collodi ; tradução e adaptação de Monteiro Lobato. -- São Paulo : Faro Editorial, 2022.
96 p.

ISBN 978-65-5957-204-5
Título original: Pinochio

1. Literatura infantojuvenil italiana I. Título II. Lobato, Monteiro, 1882-1948

22-4127 CDD 028.5

Índices para catálogo sistemático:
1. Literatura infantojuvenil italiana

FARO EDITORIAL

1ª edição brasileira: 2022
Direitos de edição em língua portuguesa, para o Brasil, adquiridos por FARO EDITORIAL

Avenida Andrômeda, 885 — Sala 310
Alphaville — Barueri — SP — Brasil
CEP: 06473-000
www.faroeditorial.com.br

# CARLO COLLODI

# AS AVENTURAS DE PINÓQUIO

TRADUÇÃO E ADAPTAÇÃO:
**Monteiro Lobato**

VERSÃO ATUALIZADA

FARO EDITORIAL

# SUMÁRIO

GRANDIOSO
ESPETÁCULO DE GALA
BURRINHO
PINÓQUIO
CONHECIDO COMO
O ASTRO DA DANÇA

# 1

Era uma vez...

— Um rei! — dirão meus pequenos leitores.

Não, crianças, vocês se enganaram. Era uma vez um pedaço de madeira. Um simples pedaço de lenha, como aqueles cortados das árvores.

Não sei dizer como isto aconteceu, mas o fato é que um belo dia esse pedaço de madeira apareceu na oficina de um velho carpinteiro chamado Antônio, que todos chamavam de Cereja, por causa da ponta de seu nariz – sempre vermelha e reluzente como uma cereja madura.

Os olhos de mestre Cereja brilharam assim que ele viu aquele pedaço de madeira e, esfregando as mãos de satisfação, falou baixinho consigo mesmo:

— Essa madeira veio parar aqui em boa hora; vai ficar perfeita como perna de mesa.

Com essas palavras, foi buscar uma enxada pequena para cortar a madeira. Mas, quando ia desferir o primeiro golpe, seu braço ficou suspenso no ar. Uma voz fina e suplicante lhe dizia:

— Não faça isso!

Imaginem o susto do velho mestre Cereja!

Com olhos arregalados, examinou todos os cantos da oficina para descobrir de onde poderia ter vindo aquela voz. Não viu ninguém. Olhou embaixo do banco – ninguém; procurou dentro de um armário que estava sempre fechado – ninguém; revirou uma caixa de raspas de madeira e serragem – ninguém; chegou até a abrir a porta e lançar um olhar para a rua – ainda assim, ninguém. Quem, afinal, poderia ter sido?

— Já sei! — disse ele, rindo e coçando a cabeça. — Com certeza essa voz não passou de imaginação minha. De volta ao trabalho!

E, segurando de novo a enxada pequena, desferiu um violento golpe no pedaço de madeira.

— Ai! Ai! Você me machucou! — lamentou aquela mesma vozinha.

Dessa vez, mestre Cereja ficou em choque. Seus olhos saltaram de horror, sua boca ficou escancarada. Assim que conseguiu falar, começou a gaguejar, tremendo de medo:

— Mas de onde pode ter saído essa voz? Não há mais ninguém aqui. Será possível que esse pedaço de lenha tenha aprendido a choramingar como criança? Não acredito. Aqui está o pedaço de madeira; lenha comum, que no fogo não serviria nem para cozinhar uma panela de feijão... Ou então? Será que alguém se escondeu dentro dela? Se for isso, ah, esse sujeito vai ter uma lição!

E, assim dizendo, agarrou o pobre pedaço de madeira e começou a batê-lo nas paredes.

Depois parou e ficou atento, procurando ouvir aquela voz suplicante. Esperou dois minutos – nada; cinco minutos – nada; dez minutos – nada!

— Já entendi! — disse, esforçando-se para rir e coçando a cabeça mais uma vez. — É claro que essa voz não passou de pura imaginação. De volta ao trabalho!

Como ainda estava bastante assustado começou a cantar para ver se assim criava um pouco de coragem.

Deixou de lado a enxada pequena e buscou a plaina, para nivelar e polir o pedaço de madeira; mas, assim que a ferramenta começou a deslizar pela superfície, ouviu a mesma voz, agora, rindo:

— Por favor, pare! Isso faz cócegas!

Dessa vez, o pobre mestre Cereja caiu para trás, como se um raio o tivesse atingido. Quando abriu os olhos, deu-se conta de que estava no chão.

Tinha ficado completamente transtornado; até mesmo a ponta do seu nariz, que era sempre vermelha, tinha virado roxa de tanto medo.

# 2

Naquele momento, alguém bateu à porta.

— Entre — disse o carpinteiro, sem forças para se levantar.

Logo a porta se abriu e um velhinho ágil e alegre entrou. Seu nome era Gepeto, mas, quando os moleques da vizinhança queriam aborrecê-lo, chamavam-no pelo apelido de Polenta, por causa da peruca amarela que usava para disfarçar a calvície.

Gepeto era mal-humorado. Coitado de quem o chamasse de Polenta! Ficava irritado e era muito difícil acalmá-lo.

— Bom dia, mestre Antônio — disse Gepeto. — O que está fazendo aí, sentado no chão?

— Estou ensinando o alfabeto às formigas. — respondeu com ironia.

— Ah, bom proveito então, mestre Antônio.

— O que o traz aqui, meu amigo?

— Minhas pernas me trouxeram. Mas, na verdade, mestre Antônio, vim lhe pedir um favor.

— Diga, posso ajudá-lo com o que estiver ao meu alcance — replicou o carpinteiro, levantando-se.

— Hoje de manhã tive uma ideia.

— Qual?

— Pensei em construir um boneco de madeira; mas um boneco prodigioso que saiba dançar, lutar com espadas e fazer acrobacias. Com ele, sairei pelo mundo e ganharei bastante dinheiro. O que acha?

— Muito bem, Polenta! — exclamou aquela vozinha misteriosa que tanto assustara o carpinteiro.

Ao ser chamado de Polenta, Gepeto ficou vermelho como um pimentão e, voltando-se para o carpinteiro, disse, cego de raiva:

— Por que me insulta, mestre Antônio?

— Quem o insultou, Gepeto?

— Você me chamou de Polenta!

— Não fui eu, não!

— Quer dizer então que fui eu? Foi você, sim!

— Não fui eu!

— Foi sim!

— Não fui!

— Foi!

Cada vez mais nervosos, começaram uma briga como cão e gato, soltando cascudos, mordidas e arranhões.

Quando a briga terminou, mestre Antônio percebeu em suas mãos a peruca amarela de Gepeto; ele, por sua vez, estava com a peruca grisalha do carpinteiro entre os dentes.

— Devolva a minha peruca! — gritou mestre Antônio.

— E você devolva a minha! — berrou Gepeto. — Então, podemos fazer as pazes.

Os dois senhores recuperaram os cabelos postiços e, com um aperto de mão, juraram permanecer bons amigos para o resto da vida.

— Muito bem, meu caro Gepeto — disse o carpinteiro, para reforçar que as pazes estavam feitas —, qual era o favor que veio me pedir?

— Queria apenas um pedaço de madeira para construir o boneco do qual lhe falei; pode me ceder algum?

Mestre Antônio, radiante por poder ajudar, foi correndo buscar o pedaço de madeira que tanto o assustara. Mas, ao tentar entregá-lo ao amigo, o pedaço de madeira se mexeu bruscamente, soltando-se das mãos do carpinteiro e batendo com toda a força nas canelas magras de Gepeto.

— Bonito! Então é com essa delicadeza que costuma entregar seus presentes, mestre Antônio? Por pouco não me deixa ferido...

— Juro que não fui eu!

— Quer dizer então que fui eu?

— O culpado foi o pedaço de madeira...

— Sei que foi a madeira, mas quem a atirou contra as minhas pernas?

— Eu não atirei coisa alguma contra suas pernas, Gepeto!

— Tem coragem de mentir assim, mestre Antônio?

— Não me insulte, Gepeto, ou volto a chamá-lo de Polenta!

— Mas que desaforo!

— Polenta!

— Perdeu o juízo de vez?

— Polenta!

— Já disse para não me chamar assim, senão...

— Polenta!

Ao ser chamado de Polenta pela terceira vez, Gepeto, muito irritado, desferiu bofetadas sobre o carpinteiro e ambos entraram de novo em uma luta.

Ao fim da briga, mestre Antônio tinha dois arranhões a mais no nariz, e o seu adversário tinha dois botões a menos no colete. Os senhores, após terem ajustado as contas, trocaram um aperto de mão e prometeram ser bons amigos por toda a vida.

Gepeto pôs o seu pedaço de madeira debaixo do braço e, agradecendo a mestre Antônio, voltou mancando para casa.

# 3

A casa de Gepeto ficava num porão onde só entrava luz pelo vão da escada. O mobiliário não podia ser mais simples – uma cadeira desconfortável, uma cama dura e uma mesa velha. Ao fundo, havia uma lareira com uma chama acesa reluzente; mas esta era pintada e, sobre as labaredas, havia uma panela, também desenhada, que fervia e deixava sair uma nuvem de vapor, muito parecida com fumaça de verdade.

Assim que chegou a casa, Gepeto foi buscar as ferramentas e começou a construir o boneco.

— Qual será o nome dele? — perguntou a si mesmo. — Hum! Vou chamá-lo de Pinóquio. Esse nome lhe dará sorte. Conheci uma família inteira de Pinóquios. Pinóquio pai, Pinóquia mãe, Pinóquios filhos – e todos eram felizes.

Tendo encontrado um nome para o boneco, começou a trabalhar com vontade. Primeiro fez os cabelos, depois o rosto, em seguida os olhos.

Terminados os olhos, imaginem o seu espanto quando percebeu que se moviam e o olhavam fixamente.

Ao ser encarado por aqueles dois olhos de madeira, Gepeto ficou incomodado e disse, em tom aborrecido:

— Olhos de madeira, por que estão me encarando assim?

Ninguém respondeu.

Depois dos olhos, Gepeto fez o nariz. Mas, assim que ficou pronto, o nariz começou a crescer. E cresceu, cresceu, cresceu até que, em poucos minutos, se tornou um nariz que não tinha fim.

O pobre homem não se cansava de apará-lo; mas, quanto mais cortava, mais comprido aquele nariz atrevido se tornava.

Antes mesmo de a boca ficar pronta, já começou a rir e a zombar do velho.

— Pare com essas risadas! — ordenou Gepeto, irritado. Mas foi o mesmo que ter falado com a porta.

— Pare com essas risadas, já disse! — rugiu ele, com voz ameaçadora.

A boca parou de rir, mas lhe mostrou a língua.

Gepeto, para não estragar o serviço, fingiu não perceber e continuou a trabalhar. Depois da boca, fez o queixo, o pescoço, os ombros, o estômago, os braços e as mãos.

Mal terminara as mãos, Gepeto sentiu a peruca desgrudar-se da sua cabeça. Virou-se e o que viu? Sua peruca amarela nas mãos do boneco.

— Pinóquio! Devolva a minha peruca!

Mas, ao invés de devolver, Pinóquio colocou-a na própria cabeça, ficando quase sufocado debaixo dela.

Diante daquele ar zombeteiro e malcriado, Gepeto sentiu-se mais triste do que nunca e, voltando-se para Pinóquio, disse:

— Ora, seu pestinha! Você ainda nem está pronto e já começa a faltar com o respeito a seu pai? Faz mal, meu filho, muito mal, sabia?

E enxugou uma lágrima.

Ainda faltava fazer as pernas e os pés.

Quando Gepeto acabou os pés, recebeu um chute na ponta do nariz.

— Eu mereço! — disse então, para si. — Devia ter pensado nisso antes. Agora é tarde.

Assim, pôs o boneco no chão para ensiná-lo a andar. Pinóquio tinha pernas muito duras, mas Gepeto segurou sua mão e o ajudou a dar os primeiros passos.

Quando as pernas se tornaram mais flexíveis, Pinóquio começou a andar sozinho e a correr pela casa, até que, alcançando a porta, atravessou para a rua e fugiu.

O pobre Gepeto disparou atrás dele, mas não conseguiu alcançá-lo, pois o pestinha pulava na sua frente como se fosse uma lebre, batendo os pés de madeira na calçada, com mais barulho do que vinte pares de tamancos.

— Peguem ele! Peguem ele! — berrava Gepeto; mas as pessoas que estavam na rua, vendo um boneco de madeira correr como um cavalo, ficaram imobilizadas de espanto e riam sem parar ao olhar para ele.

Então, por sorte, chegou um policial, que, ao ouvir todos aqueles gritos, pensou que algum cavalo tivesse fugido do dono. Ficou de pernas abertas no meio da rua e, com o objetivo de parar o animal, esperou, evitando assim desastres mais graves.

Quando Pinóquio, ainda a alguma distância, enxergou o soldado querendo impedir a sua passagem, fez o possível para surpreendê-lo e passar entre as suas pernas. Seu plano, porém, falhou miseravelmente.

O policial, sem se perturbar, o agarrou com muita astúcia pelo nariz – era um nariz imenso, que parecia feito especialmente para ser agarrado por policiais – e entregou-o a Gepeto. Querendo castigá-lo, Gepeto lembrou-se imediatamente de puxar-lhe as orelhas. Mas imaginem a raiva com que ficou, ao ver que Pinóquio não tinha orelhas. E sabem por quê? Porque com a pressa de terminar o boneco ele se esqueceu de colocá-las!

Ele então o segurou pelos braços, e dizia, em tom ameaçador:

— Vamos para casa, ouviu? E lá vamos conversar sobre o que você fez.

Diante desse aviso, Pinóquio jogou-se ao chão e não quis dar mais nenhum passo. Uma multidão de pessoas curiosas e desocupadas começou logo a se reunir, formando um círculo em volta deles. Cada um fazia um comentário.

— Pobre boneco! — diziam muitos. — Ele tem razões de sobra para não querer voltar para casa.

E outros acrescentavam:

— Gepeto parece um bom homem, mas para lidar com meninos precisa de mais paciência.

Tanto falaram, que o policial acabou colocando Pinóquio em liberdade e levando Gepeto para o xadrez. O pobre homem, sem saber se defender, chorou que nem um bezerro.

— Sou muito bobo mesmo! — soluçava a caminho da prisão. — E pensar em como me esforcei para torná-lo um boneco bem-comportado! Bem feito para mim!

O que se passou depois é uma história que parece mentira. Ouçam só...

# 4

Pois bem, crianças, saibam que enquanto o pobre Gepeto era levado para a cadeia sem ter cometido crime nenhum, o agitado Pinóquio, vendo-se livre das garras do policial, correu o mais rápido que as suas pernas permitiam, para chegar em casa o mais depressa possível. Na sua ânsia de chegar, atravessou campos, pulou barrancos altíssimos, cercas de espinhos e poças de água, exatamente como um animal perseguido por caçadores.

Na casa de Gepeto, encontrou a porta da rua semiaberta. Ele empurrou a porta e entrou. Após se trancar em casa, sentou-se no chão, com um grande suspiro de alívio.

Mas o seu alívio não durou muito tempo; ouviu o seguinte som:

— *Cri-cri-cri*!

— Quem me está chamando? — gritou Pinóquio assustado.

— Sou eu!

Pinóquio olhou para trás e viu um grilo subir lentamente pela parede.

— Diga-me, quem é você?

— Sou o Grilo Falante, moro nesta casa há mais de cem anos.

— Mas agora quem mora aqui sou eu — replicou o boneco — e se quiser me fazer um favor, vá embora imediatamente.

— Não irei — respondeu o Grilo — enquanto não disser uma grande verdade.

— Fale, então, mas ande logo.

— Que triste ver meninos que desobedecem aos pais e fogem de casa. Eles nunca poderão ser felizes e mais cedo ou mais tarde se arrependerão.

— Pode falar o que quiser, Grilo. Já resolvi fugir amanhã ao amanhecer, porque, se ficar aqui, vou fazer a mesma coisa que os outros meninos;

vou ter que estudar numa escola por bem ou por mal. E, pra ser bem sincero, não tenho a menor vontade de estudar; é muito mais divertido correr atrás das borboletas e subir nas árvores.

— Não sabe então que desse jeito se tornará um homem ignorante do qual todo mundo vai tirar sarro?

— Para de brigar comigo! — berrou Pinóquio.

Mas o Grilo, que era sábio, em vez de se irritar com as palavras, continuou a falar no mesmo tom.

— Mas, se você não quer ir à escola, por que não aprende ao menos a trabalhar? Assim, poderá ganhar honestamente o seu alimento.

— Quer que eu seja sincero? — replicou Pinóquio, que começava a ficar impaciente. — Entre todos os trabalhos do mundo só há um que realmente me agrada.

— Qual?

— Comer, beber, dormir e levar uma vida tranquila de manhã até a noite.

— Pobre Pinóquio! Tenho muita pena de você...

— Por que tem pena de mim?

— Porque é um boneco e, o que é pior, porque tem cabeça de madeira.

# 5

Estava anoitecendo, e Pinóquio começou a sentir algo no estômago, que muito se parecia com vontade de comer.

Mas essa vontade cresceu rapidamente e, poucos minutos depois, transformou-se em fome, numa fome muito grande, simplesmente insuportável.

Ele correu para o fogão, onde havia uma panela; ao tentar tirar a tampa para ver o que havia dentro, percebeu que era uma panela pintada na parede. Imaginem como não ficou! Seu nariz, já bem comprido, espichou quatro dedos mais.

Começou então a correr pelo quarto, remexendo todas as gavetas e cantinhos na esperança de encontrar um pedaço de pão. Se descobrisse ao menos um pedaço de pão duro, um osso, um pouco de polenta mofada, uma espinha de peixe, um caroço de cereja – qualquer coisa que pudesse mastigar... Mas não encontrou nada, absolutamente nada!

Nesse meio-tempo, a fome continuou a crescer, e o pobre Pinóquio não teve outro remédio senão bocejar uns bocejos tão grandes que sua boca se escancarava quase até as orelhas.

Depois do bocejo, tinha a impressão de que ia desmaiar.

Ele então começou a chorar desesperadamente, dizendo:

— O Grilo falante tinha razão! Errei em desobedecer meu pai e fugir de casa... Se papai estivesse aqui, agora, eu não estaria morrendo de fome. Oh! É muito ruim passar fome!

Então, viu alguma coisa no monte de lixo – alguma coisa redonda e branca, que se assemelhava a um ovo de galinha. Deu um salto e agarrou o objeto. Era realmente um ovo!

Impossível descrever a alegria de Pinóquio. Julgando que fosse um sonho, ele virava o ovo entre as mãos; apalpando-o e beijando-o, enquanto dizia:

— E agora, como eu cozinho esse ovo? Devo fritá-lo? Não, melhor cozinhá-lo em uma panela! Ou vai ficar mais saboroso se eu fritar numa frigideira? E se eu apenas o esquentasse para tomar na casca? Não, o jeito mais rápido é cozinhá-lo numa panela. Tenho tanta pressa, quero comer...

Sem perder tempo, colocou uma panela de barro sobre o fogareiro aceso e, dentro dela, em vez de gordura ou manteiga, despejou um pouco de água. Quando a água começou a ferver, *tec*! quebrou a casca do ovo. Em lugar de clara e gema, porém, o que saltou de dentro do ovo foi um passarinho alegre e muito delicado, que fez uma reverência e disse:

— Muito obrigado, mestre Pinóquio, por ter poupado o trabalho que eu teria de quebrar a casca. Até mais, passe bem!

Com essas palavras, bateu as asas e saiu voando pela janela.

O pobre boneco ficou todo bobo, com os olhos fixos, a boca aberta e a casca do ovo nas mãos. Depois começou a chorar, a gritar, a bater os pés, desesperado, dizendo entre soluços:

— Ah! O Grilo Falante tinha razão! Se eu não tivesse fugido de casa, não estaria morrendo de fome agora! Oh! É muito ruim passar fome!

E como seu estômago reclamava cada vez mais querendo comida, lembrou-se da ideia de sair de casa para procurar alimento, na expectativa de encontrar alguma alma caridosa que lhe desse um pedaço de pão.

# 6

Era uma noite de tempestades durante o inverno. Trovejava tanto, e os relâmpagos eram tão claros, que o céu parecia estar em chamas. Um vento frio assobiava de um jeito ameaçador, fazendo com que nuvens de pó subissem e árvores se curvassem ao chão.

Pinóquio tinha muito medo de trovão, mas a fome era mais forte do que o medo. Por isso, fechou a porta de casa e correu até a cidade, onde chegou pouco tempo depois, com a língua pendurada para fora, como um cão cansado. Mas a cidade estava deserta e inteiramente no escuro, com as lojas fechadas, assim como todas as janelas. Não se encontrava nada. Parecia uma cidade fantasma.

Instigado pela fome que o torturava, Pinóquio tocou a campainha de uma casa várias e várias vezes:

— Alguém vai aparecer.

E assim aconteceu. Um velho de capuz surgiu na janela e gritou em tom zangado:

— O que você quer a essas horas, menino?

— O senhor teria a bondade de me dar um pedaço de pão?

— Espere aí que eu já volto — replicou o velho, julgando se tratar de um dos muitos moleques que se divertem durante a noite, tocando as campainhas das casas para acordar as pessoas respeitáveis que dormem calmamente. Após meio minuto, a janela se abriu de novo e a voz do mesmo velho soou nos ouvidos de Pinóquio.

— Fique bem embaixo da janela e estenda as mãos.

Pinóquio obedeceu e no mesmo instante um enorme balde de água caiu sobre ele, e o molhou dos pés à cabeça. O coitadinho voltou para casa ensopado e completamente exausto de cansaço e fome; não tendo mais forças para se levantar, sentou-se e descansou as pernas encharcadas de lama na grade do braseiro. Minutos depois, adormeceu – e, enquanto dormia, seus pés, que eram de madeira, pegaram fogo e pouco a pouco começaram a virar cinzas.

Pinóquio continuava dormindo e roncando como se seus pés pertencessem a outra pessoa. Finalmente ao nascer do sol, alguém bateu à porta e ele acordou.

— Quem é? — perguntou ele, bocejando e esfregando os olhos.

— Sou eu! — respondeu uma voz conhecida.

Era Gepeto.

# 7

O infeliz Pinóquio, cujos olhos ainda estavam meio fechados de sono, não descobriu imediatamente que os seus pés haviam sido queimados. Assim que ouviu a voz de Gepeto, levantou-se da cadeira e foi correndo abrir a porta; mas tropeçou e caiu como se fosse uma tábua no chão – a queda fez um barulho tão alto que foi como se alguém tivesse jogado um pedaço de madeira do quinto andar.

— Abra a porta! — gritou Gepeto do lado de fora.

— Não posso, querido papai — replicou o boneco, chorando e rolando no chão.

— Não pode por quê?

— Porque meus pés foram comidos.

— E quem comeu seus pés?

— O gato — respondeu Pinóquio, vendo que o gato brincava com uns pedacinhos de madeira.

— Abra a porta, já disse! — repetiu Gepeto.

— Juro que não posso ficar de pé. Oh, pobre de mim! Vou ter que andar de joelhos pelo resto de minha vida...

Julgando que toda aquela choradeira não passasse de uma outra pegadinha do boneco, Gepeto tratou de acabar com aquilo; escalou a parede e entrou no quarto pela janela.

Gepeto estava muito zangado; mas, quando viu o seu Pinóquio estendido no chão e realmente sem pés, sua atitude mudou imediatamente. Ele pegou o boneco nos braços e o beijou, com duas lágrimas caindo dos seus olhos.

— Meu pequeno Pinóquio! — dizia ele, soluçando. — Como foi queimar os pés dessa maneira horrível?

— Não sei, papai, mas pode acreditar que nunca mais vou me esquecer da noite horrível que passei. Trovejava, relampejava e eu estava morto de fome. Coloquei uma panela no fogo para cozinhar um ovo, mas um passarinho apareceu e eu fiquei com mais fome ainda. Então, um velho de capuz abriu a janela e gritou comigo despejando um balde de água em cima da minha cabeça. Mas não é vergonhoso pedir um pedaço de pão, não acha?! Voltei correndo para casa e, com cada vez mais fome, coloquei meus pés em cima do braseiro, para secá-los, e então você voltou e me achou com os pés queimados. E eu continuo sempre com fome e não tenho mais pés! *Snif, snif, snif*! — E Pinóquio começou a chorar e gritar tão alto que podiam ouvi-lo a cinco quilômetros dali.

Gepeto, ouvindo aquela história confusa e só entendendo que o boneco estava morrendo de fome, tirou do bolso três peras e as estendeu a ele, dizendo:

— Essas três peras iam ser o meu almoço, mas de boa vontade vou dá-las a você. Pode comer que a fome vai passar.

— Se é pra eu comer, será que o senhor pode descascá-las...?

— Descascá-las? — repetiu Gepeto, surpreso. — Nunca pensei, meu filho, que você fosse tão enjoado. Isso é ruim! Neste mundo, devemos nos acostumar desde cedo a gostar e comer de tudo, pois não sabemos nada do dia de amanhã. A vida é tão cheia de surpresas...

— Talvez o senhor tenha razão — respondeu Pinóquio — mas nunca vou comer uma fruta com casca.

O bom Gepeto foi buscar uma faca e com paciência descascou as três peras, pondo as cascas em um canto da mesa.

Depois de devorar a primeira pera, Pinóquio fez menção de jogar o caroço fora; mas Gepeto o repreendeu, dizendo:

— Não faça isso; neste mundo tudo tem sua utilidade.

— É, mas não quero comer o caroço — gritou o boneco, irritando-se com ele...

— Quem sabe? Tudo é possível! — respondeu Gepeto, sem perder a calma.

E assim os três caroços, em vez de serem atirados pela janela, foram colocados em um canto da mesa, ao lado das cascas.

Tendo comido, ou melhor, tendo devorado as três peras, Pinóquio bocejou furiosamente; depois disse, de mau humor:

— Continuo morto de fome!

— Infelizmente, meu filho, não tenho mais nada.

— Nada, realmente nada?

— Só nos restam essas cascas e esses bagaços das três peras.

— Se não há mais nada, comerei essa casquinha — exclamou Pinóquio.

E começou a mastigar uma. A princípio, fez careta; depois comeu todas as cascas; e depois das cascas devorou os caroços. Quando acabou de comer tudo, bateu palmas de satisfação e gritou alegremente.

— Ah! Agora sim, estou me sentindo bem.

— Como você vê — observou Gepeto —, eu tinha razão quando disse que não devemos nos habituar a ser muito exigentes. Nunca sabemos, meu caro filhote, o que pode acontecer. O mundo dá tantas voltas...

# 8

O boneco mal saciou a fome e começou a chorar, lamentando o que aconteceu com os seus pés.

Gepeto disse:

— Por que vou fazer novos pés para você? Para fugir de casa de novo?

— Prometo que serei bonzinho de agora em diante.

— Todas as crianças dizem isso quando querem algo — replicou Gepeto.

— Eu prometo que irei à escola, estudarei muito e farei o possível para me tornar um menino obediente.

— Todas as crianças repetem essa história quando querem alguma coisa.

— Mas eu não sou igual aos outros meninos! Sou melhor do que todos eles e sempre falo a verdade. Prometo, papai, que aprenderei a trabalhar e serei o conforto e o apoio da sua velhice.

Gepeto lacrimejava e tinha o coração apertado de tristeza por ver o seu pobre Pinóquio em um estado tão lastimável. Não disse uma palavra, mas, indo buscar a ferramenta e dois pedacinhos de madeira, começou a trabalhar.

Em menos de uma hora, os novos pés ficaram prontos; dois pezinhos bem feitos, com muito cuidado.

Então, Gepeto disse ao boneco:

— Feche os olhos e durma!

Pinóquio fechou os olhos e fingiu que dormia. Enquanto isso, Gepeto, com um pouco de cola preparada numa casca de ovo, grudou os pés no lugar certo, fazendo um serviço tão limpo que ninguém seria capaz de descobrir a emenda.

Logo que Pinóquio percebeu que já tinha pés outra vez, saltou da mesa em que estava deitado e pulou muito, fazendo mil piruetas pelo quarto, como se tivesse enlouquecido de alegria.

— Para lhe agradecer — disse ele ao pai —, vou à escola hoje mesmo.

— É isso que os bons meninos fazem.

— Mas, para ir à escola, preciso de roupas.

Gepeto, que era pobre e tinha pouquíssimas moedas no bolso, confeccionou para ele uma roupinha de papel colorido, um par de sapatos de casca de árvore e um gorro de miolo de pão.

Pinóquio foi correndo para ver a si mesmo no espelho d'água de uma vasilha e se achou tão bonito que, mais inchado do que um pavão, exclamou:

— Estou um perfeito cavalheiro!

— Sim, verdade, — respondeu Gepeto — pois você deve saber que não são as roupas caras que tornam alguém um cavalheiro e sim as roupas limpas.

— A propósito — respondeu Pinóquio —, para que eu possa ir à escola ainda me falta uma coisa – justamente a mais importante.

— O que é?

— Não tenho apostila.

— Você tem razão. Mas o que vamos fazer para arranjar uma apostila?

— É muito fácil: vamos à livraria comprar uma.

— E o dinheiro?

— Dinheiro, não tenho.

— Nem eu — acrescentou o bom velhote, com ar triste.

E Pinóquio, embora fosse um menino alegre, também ficou triste, porque a pobreza é compreendida por todo mundo, até pelas crianças.

— Paciência! — suspirou Gepeto, tentando levantar os ânimos.

E, vestindo o seu velho casaco todo remendado, saiu de casa correndo. Voltou pouco depois e, ao entrar no quarto, trazia uma apostila debaixo do braço – mas vinha sem casaco. O pobre homem voltara de camisa, e nevava lá fora!

— E o seu casaco, papai?

— Eu vendi.

— Por que vendeu?

— Porque estava me deixando com calor...

Pinóquio compreendeu imediatamente a verdade e, não podendo conter o impulso de seu bom coração, atirou-se aos braços de Gepeto e o beijou muito no rosto.

# 9

Logo que a neve parou de cair, Pinóquio andou a caminho da escola com a sua linda apostila debaixo do braço. Enquanto andava, ia imaginando mil coisas em sua cabecinha, mil castelos encantados, um mais bonito que o outro. Falando consigo mesmo, dizia:

— Hoje, na escola, aprenderei a ler de uma vez; amanhã começarei a escrever e depois de amanhã, a fazer contas. Depois, com a minha sabedoria, vou ganhar muito dinheiro, e a primeira coisa que vou comprar é um lindo casaco novo, de lã, para papai. Mas, o que estou dizendo? Lã? Nada! Será um casaco de ouro e prata, com botões de brilhantes. O pobre homem merece, pois para me comprar livros ficou sem nenhuma blusa, com um frio desses! Só mesmo um pai é capaz de fazer sacrifícios assim...

Enquanto falava consigo mesmo, ouviu a distância sons de flauta e fortes batidas de tambor: *fi-fi-fi, bum-bum-bum.*

Pinóquio tentou se posicionar para escutar. Os sons vinham de uma praça pertinho de onde estava.

— Mas que música é essa? Que pena que eu tenho que ir para a escola, senão...

Ficou em dúvida. Mas tinha que decidir entre ir para a escola e ouvir as flautas.

— Hoje ouvirei as flautas e amanhã irei à escola — resolveu finalmente o bonequinho, sacudindo os ombros. E foi.

Quanto mais corria, mais de perto ouvia os sons das flautas e as batidas do tambor: *fi-fi-fi, bum-bum-bum.* Por fim, encontrou-se no meio de uma praça repleta de gente que se amontoava em frente a um barracão de madeira e lona, pintado com várias cores.

— Que casa é essa? — perguntou Pinóquio, dirigindo-se a um menino que andava por ali.

— Leia o cartaz. Está tudo escrito, e você vai saber.

— Eu até poderia, mas não sei ler.

— Tudo bem, cabeça de madeira! Nesse caso, vou ler para você. O que está escrito no cartaz, com aquelas letras vermelhas, é o seguinte:

— Grande Teatro de Fantoches

— A apresentação já começou?

— Não, vai começar agora.

— Quanto custa para entrar?

— Duas moedas de cobre.

Pinóquio, que estava num verdadeiro delírio de curiosidade, perdeu completamente o controle de si mesmo e, sem a menor vergonha, perguntou ao menino:

— Você poderia me emprestar esse valor? Devolvo amanhã.

— Eu lhe emprestaria tranquilamente, mas acontece que hoje não posso.

— Quer comprar minha blusa por duas moedas de cobre? — perguntou o boneco.

— Para que ia querer uma blusa de papel colorido? Se chovesse e ela molhasse, seria impossível desgrudá-la das minhas costas.

— Se quiser, posso lhe vender os meus sapatos.

— Só se fosse para eu acender fogo com eles!

— Quanto daria pelo meu gorro?

— Ora, mas seria mesmo um ótimo negócio! Um gorro de miolo de pão! Os ratos seriam capazes de comê-lo enquanto eu estivesse com ele na cabeça.

Pinóquio ficou atrapalhado. Estava quase fazendo uma outra oferta, mas não tinha coragem. Hesitou, porém, e finalmente disse:

— Você me daria duas moedas de cobre por essa apostila nova?

— Sou criança e não costumo comprar nada de crianças — replicou o menino, que tinha um pouco mais de juízo na cabeça.

— Eu dou duas moedas de cobre pela apostila — gritou um comprador de roupas velhas que estava por ali, ouvindo a conversa.

No mesmo instante, o livro foi vendido. E pensar que o pobre Gepeto ficara sem agasalho, congelando de frio, por causa da apostila que comprou para o boneco!

# 10

Quando Pinóquio entrou no teatrinho de bonecos, aconteceu algo que por pouco não provocou uma revolução.

É preciso saber que a cortina foi aberta e a apresentação já havia começado. No palco, Arlequim e Polichinelo discutiam, como de costume, com ameaças mútuas.

O público, atento, riu muito da briga dos dois bonecos, que gesticulavam e se desafiavam com tanta naturalidade que pareciam dois seres humanos.

Subitamente, Arlequim interrompeu a apresentação e, apontando o dedo para a plateia, exclamou em tom dramático:

— Estou acordado ou sonhando? Ora, se não é Pinóquio!

— Realmente é o Pinóquio! — gritou Polichinelo.

— É ele mesmo! — acrescentou dona Rosa, que espiava atrás dos bastidores.

— É o Pinóquio! É o Pinóquio! — gritaram em coro todos os fantoches, surgindo de vários lados e saltando pelo palco. — É o Pinóquio! É o nosso irmão Pinóquio! Viva Pinóquio!

— Pinóquio, venha cá — berrou Arlequim — e atire-se aos braços dos seus irmãos de madeira!

Diante desse carinhoso convite, Pinóquio saltou para a primeira fila; e, com um outro salto, foi pousar na cabeça do regente da orquestra – então, pulou para o palco.

Ninguém poderia descrever os abraços, os beijos, os gritinhos de alegria e as demonstrações de fraternal amizade que Pinóquio recebeu de todos os atores e atrizes da companhia dramática de fantoches.

A cena era comovente, sem dúvidas, mas o público, percebendo que a peça foi interrompida, ficou sem paciência e começou a gritar:

— Queremos a apresentação! Continuem o espetáculo!

Mas era tudo em vão. Os fantoches, em vez de continuarem a peça, redobraram os gritos e a algazarra e, erguendo Pinóquio nos braços, carregaram-no em triunfo diante das luzes do palco.

Nesse momento, surgiu o diretor, Papa-Fogo. Era tão grande e feio que a sua simples presença bastava para assustar qualquer pessoa. A barba, negra como tinta, ia do queixo ao chão – e ele tropeçava na ponta dela, quando caminhava. Sua boca era larga como a tampa de um forno e seus olhos pareciam duas lanternas de vidro vermelho, com lâmpadas acesas lá dentro. Trazia na mão um enorme chicote, que ele estalava constantemente.

Diante dessa inesperada aparição, um profundo silêncio ocorreu; ninguém ousava respirar.

— Por que razão você veio perturbar meu espetáculo? — perguntou o diretor a Pinóquio, com voz de trovão.

— Juro que não tive culpa, senhor!

— Basta! Esta noite acertaremos as contas...

Assim que o espetáculo terminou, o diretor mandou chamar Pinóquio.

A princípio, Arlequim e Polichinelo se recusaram, mas com Papa-Fogo olhando severamente, só restou obedecer.

# 11

Papa-Fogo tinha um aspecto terrível, não dava pra negar, principalmente com aquela barba negra que cobria seu peito e suas pernas, como um avental; no fundo, entretanto, não era homem de mau coração. A prova disso é que ao ver o pobre Pinóquio esperneando e gritando, sentiu-se comovido e teve muita pena do boneco. Tentou disfarçar, mas, pouco tempo depois, não podendo mais se conter, soltou um barulhento espirro. Ao ouvir o espirro, Arlequim, que até aquele momento estava desesperado, ergueu a cabeça e mostrou felicidade. Olhou para Pinóquio e cochichou no seu ouvido:

— Boas notícias, meu irmão! Papa-Fogo espirrou — sinal de que está de bom humor.

Papa-Fogo, todas as vezes que se comovia, tinha por hábito espirrar. Depois daquele espirro, o diretor dos fantoches, fingindo que ainda estava zangado, berrou para Pinóquio:

— Pare com essa choradeira! Suas lamentações me deram uma terrível dor de estômago. Sinto uma pontada que quase... *Atchim*! *Atchim*!

E deu mais dois espirros.

— Saúde! — exclamou Pinóquio.

— Muito obrigado. Você tem família? — perguntou Papa-Fogo.

— Só papai. Nunca conheci mamãe.

— Que desgosto enorme teria o seu pobre pai se soubesse que fugiu da escola! Pobre senhor! Como eu me... *Atchim*! *Atchim*! *Atchim*!

E espirrou mais três vezes.

— Saúde! — repetiu Pinóquio.

— Como é o nome do seu pai?

— Gepeto.

— E como ele vive?

— Com pouco dinheiro.

— Não ganha muito?

— Se ganha muito? Nunca tem uma moeda no bolso. Imagine o senhor que, para comprar uma apostila e me mandar para a escola, foi obrigado a vender a única jaqueta que tinha para vestir – uma jaqueta tão remendada que dava pena.

— Pobre coitado! Estou quase com pena dele. Aqui estão cinco moedas de ouro. Vá agora para a sua casa e entregue-as a seu pai, com os meus cumprimentos.

Pinóquio desmanchou-se em agradecimentos. Abraçou depois, um por um, todos os fantoches da companhia, e, com grande alegria, seguiu seu rumo para casa.

Não tinha andado muito e encontrou, no meio da estrada, uma Raposa manca de uma perna e um Gato cego dos dois olhos, que caminhavam com ajuda um do outro, como bons companheiros de maus momentos. A Raposa se apoiava no Gato e o guiava pelo caminho.

— Bom dia, Pinóquio! — disse a Raposa, abordando-o delicadamente.

— Como é que você sabe o meu nome? — perguntou o boneco.

— Conheci seu pai.

— Onde foi que você o viu?

— Na porta da casa dele ontem.

— Fazendo o quê?

— Estava apenas de camisa, batendo o queixo de frio.

— Pobre papai! Mas, se Deus quiser, de hoje em diante não sentirá mais frio...

— Por quê?

— Porque me tornei um grande senhor.

— Um grande senhor, você? — repetiu a Raposa, começando a rir de desdém.

O Gato também começou a rir, mas alisava os bigodes com as patas para disfarçar.

— Não compreendo por que vocês estão rindo tanto — exclamou Pinóquio, zangado. — Lamento muito deixar vocês curiosos, mas é bom que saibam que tenho aqui cinco belíssimas moedas de ouro.

E, com essas palavras, tirou do bolso o dinheiro que Papa-Fogo lhe dera.

Ao ouvirem o agradável barulhinho das moedas, a Raposa, com um involuntário movimento, esticou a perna que parecia mais curta e o Gato arregalou dois olhos que se assemelhavam a duas lanternas verdes.

— E agora? — perguntou a Raposa — O que você vai fazer com todo esse dinheiro?

— Em primeiro lugar — respondeu o boneco — pretendo comprar para meu pai uma jaqueta nova, feita de ouro e prata, com botões de brilhantes. Depois, comprarei uma apostila para mim.

— Para você?

— Sim, pois desejo ir para a escola e estudar muita coisa.

— Olhe para mim! — exclamou a Raposa. — Por excesso de amor ao estudo, perdi uma perna.

— Olhe para mim! — repetiu o Gato. — Por excesso de amor ao estudo, fiquei cego dos dois olhos.

Nesse momento, um pássaro branco, que estava empoleirado numa árvore, à beira da estrada, começou a cantar e disse:

— Pinóquio, não se deixe levar pelos conselhos de maus companheiros: se você fizer isso, você vai se arrepender!

— Não se meta na conversa dos outros! — disse o Gato.

Já estavam na metade do caminho quando a Raposa, parando subitamente, disse ao boneco:

— Você gostaria de multiplicar o seu dinheiro?

— Como?

— Gostaria de transformar as suas cinco miseráveis moedas de ouro em cem, em mil, em duas mil?

— Acho que sim, mas como?

— De um modo bem fácil. Em vez de voltar para casa, venha conosco.

— E para onde querem me levar?

— Ao país das Corujas.

Pinóquio refletiu um momento, depois disse:

— Não, *não irei. Já estou perto de casa e o melhor é voltar para junto de papai*, que está à minha espera. Deus sabe quantas vezes o pobre velho suspirou ontem, quando viu que eu não voltava! Tenho sido um mau filho, e o Grilo Falante tinha razão. Aprendi isso por conta própria, pois muitas coisas ruins já me aconteceram.

— Tá bom — respondeu a Raposa —, então você está decidido mesmo a voltar para casa? Pois vá, pior para você.

— Sim, muito pior para você! — confirmou o Gato.

— Pense bem, Pinóquio, pois você está recusando fortuna — insistiu a Raposa.

— Fortuna, sim! — ajudou o Gato.

— De hoje para amanhã, você poderia ter duas mil moedas de ouro em vez de cinco.

— Duas mil, sim! — repetiu o Gato.

— Mas como é possível que as moedas se multipliquem desse modo? — perguntou Pinóquio, boquiaberto de espanto.

— Vou lhe explicar agora mesmo — respondeu a Raposa. — Você precisa ficar sabendo que no país das Corujas existe um campo sagrado, conhecido por todos como o Campo dos Milagres. Nesse campo, a gente faz um buraquinho e coloca dentro, digamos, uma moeda de ouro. A gente tapa o buraco com um pouco de terra, regando-a com dois baldes de água da fonte e espalhando por cima três punhadinhos de sal. Feito isto, a gente pode dormir com toda a calma. Nesse meio-tempo, durante a noite, a moeda de ouro cresce e floresce – e, pela manhã, quando a gente pula da cama e volta ao campo, sabe o que encontra? Uma linda árvore repleta de moedas de ouro, como um ipê todo carregado de flores amarelas.

— Então — murmurou Pinóquio, maravilhado —, vamos supor que eu enterrasse as minhas cinco moedas nesse campo: em vez de uma, quantas moedas eu encontraria na manhã seguinte?

— É um cálculo muito fácil — respondeu a Raposa. — Digamos que cada moeda renda quinhentas: multiplique quinhentas por cinco e você vai ver que, na manhã seguinte, estarão cantando no seu bolso duas mil e quinhentas moedas.

— Oh! Que maravilha! — exclamou Pinóquio, aos pulos. — Assim que eu receber esse dinheiro, guardarei duas mil moedas para mim e darei a vocês as outras quinhentas.

— Você vai dar para nós quinhentas moedas? — repetiu a Raposa com indignação, fingindo que estava ofendida. — No que você está pensando, Pinóquio?

— Sim, no que está pensando? — repetiu o Gato.

— Nós não trabalhamos por interesse, ouviu? — continuou a Raposa; trabalhamos unicamente para fazer o bem e enriquecer os outros.

— Sim, os outros — respondeu o Gato.

— Que gente boa! — pensou Pinóquio e, esquecendo-se imediatamente de seu pai, da jaqueta nova, da apostila e de todas as boas ações que queria fazer, disse à Raposa e ao Gato — Muito bem. Irei com vocês.

# 12

Andaram, andaram, andaram até que chegaram, ao anoitecer, muito cansados, à hospedaria do Caranguejo Vermelho.

— Vamos parar um pouco aqui — disse a Raposa — para comermos qualquer coisinha e descansarmos uma hora ou duas. À meia-noite continuaremos nossa viagem ao Campo dos Milagres.

Os três entraram na hospedaria e se sentaram à mesa; mas ninguém tinha fome. O Gato, que estava de dieta por causa de uma indigestão e se sentia seriamente indisposto, não pôde comer mais do que trinta e cinco sardinhas com molho de tomate e repetiu apenas quatro vezes o prato de tripas com queijo parmesão e, como achava que as tripas não estavam bem temperadas, pediu três vezes manteiga e queijo ralado.

A Raposa também tinha vontade de beliscar qualquer coisa, mas como o médico recomendou uma dieta bastante severa, foi forçada a comer apenas uma lebre ensopada e uma galinha gorda. Depois que comeram coelhos, rãs, lagartos e outros petiscos, nada sobrou.

Quem comeu menos foi Pinóquio. Pediu algumas nozes e um pedaço de pão e deixou tudo no prato. O pobre pequeno, cujos pensamentos estavam fixos no Campo dos Milagres, teve antecipadamente uma indigestão de moedas de ouro.

Quando acabaram de jantar, a Raposa disse ao hospedeiro:

— Quero dois bons quartos, um para o senhor Pinóquio e outro para mim e meu companheiro. Queremos tirar uma soneca antes de partir. Mas não esqueça: você precisa nos despertar à meia-noite para continuarmos a nossa viagem.

— Sim, meus senhores — respondeu o hospedeiro, piscando para a Raposa e o Gato, como quem diz: — Sei muito bem o que vocês vão fazer, nós nos entendemos muito bem...

Mal se deitou, Pinóquio adormeceu e começou a sonhar. Sonhou que estava em um campo cheio de arbustos carregados de moedas de ouro. Quando o vento sacudia os galhos, faziam *tlin*, *tlin*, *tlin* e as moedas pareciam falar: "Quem quiser, venha nos colher". Mas no momento mais interessante, justamente na hora que Pinóquio estendia as mãos para colher punhados daquelas lindas moedas de ouro, foi subitamente despertado por três fortes pancadas na porta do quarto.

Era o hospedeiro que vinha avisá-lo de que já batera meia-noite.

— Meus companheiros já estão prontos? — perguntou o boneco.

— Prontos? Já partiram há mais de duas horas!

— Por que tiveram tanta pressa?

— Porque o Gato recebeu um recado dizendo que o seu gatinho mais velho teve uma alergia nos pés e estava à beira da morte.

— Pagaram o jantar?

— O que você está pensando? Eles são muito bem-educados e não seriam capazes de insultar desse modo um cavalheiro como o senhor.

— Que pena! É um insulto que me daria muito prazer — resmungou Pinóquio, coçando a cabeça. — Em qual lugar esses bons amigos ficaram de esperar por mim? — perguntou em seguida.

— No Campo dos Milagres, amanhã ao raiar do dia.

Pinóquio pagou uma moeda de ouro pela hospedagem dos três e partiu.

Estava tão escuro lá fora que Pinóquio tinha que caminhar lentamente. Realmente não enxergava um palmo adiante do nariz. Nos campos ao lado do caminho, nem uma folha se mexia. Apenas algumas aves noturnas voavam de uma árvore para outra, cortando a estrada. Uma delas roçou a asa no nariz de Pinóquio, que deu um pulo para trás, gritando:

— Quem está aí?

Mais adiante viu um pequeno inseto brilhando em um tronco de árvore, como um vagalume dentro de uma lâmpada de porcelana translúcida.

— Quem é você? — perguntou Pinóquio.

— Sou a alma do Grilo Falante — replicou o inseto com uma voz tão fraca que parecia vir de outro mundo.

— O que deseja de mim? — perguntou o boneco.

— Quero dar um conselho. Volte e leve as quatro moedas que restam ao pobre Gepeto, que está chorando de desespero porque você sumiu de casa.

— Amanhã papai será um homem rico, pois essas quatro moedas vão se transformar em duas mil.

— Não confie, meu filho, naqueles que prometem fortuna de um dia para outro. Em geral, são loucos ou ladrões. Ouça o meu conselho e volte.

— Muito ao contrário, vou continuar o meu caminho, está resolvido.

— É muito tarde, não percebe?

— Estou decidido que vou...

— A noite está escura demais.

— Estou decidido que vou...

— A estrada é perigosa...

— Estou decidido que vou...

— Lembre-se de que todas as crianças insistentes, que só se guiam pela sua própria cabeça, mais cedo ou mais tarde se arrependem.

— Sempre as mesmas histórias! Boa noite, Grilo. Vou, vou e vou...

— Boa noite, Pinóquio, e que Deus o proteja dos perigos e o livre de ladrões.

Depois de pronunciar essas palavras, Grilo Falante desapareceu subitamente, como uma luz que se apagou – e a estrada se tornou mais escura do que nunca.

# 13

— Ora! — exclamou o boneco consigo mesmo, retomando o caminho. — Como nós, crianças, somos infelizes! Todo mundo nos repreende, todos nos dão conselhos, convencidos de que são nossos pais e nossos mestres, todos – até o Grilo Falante! Agora, vejam: só porque eu não quis dar ouvidos àquele Grilo chato, quanta coisa ruim vai acontecer comigo – na opinião dele. Terei que encontrar até ladrões! Bobagem. Não acredito em ladrões – jamais acreditei. Acho que isso tudo é história inventada pelos pais para colocar medo nas crianças que querem sair de casa à noite. Além disso, suponhamos que eu encontrasse alguns aqui na estrada; pensam que eu iria ter medo? Eu sairia ao encontro deles, gritando: "Senhores ladrões, o que desejam de mim? Lembrem-se de que comigo não se brinca. Fiquem com os seus assuntos, portanto, e me deixem em paz!".

Ao terminar esse pensamento, Pinóquio pensou que ouviu atrás de si um leve ruído entre os arbustos.

Olhou para trás e encontrou no escuro duas figuras vestindo mantos pretos. Os dois vultos corriam até ele na ponta dos pés, dando saltos.

— Ei! — exclamou Pinóquio para si mesmo e, não sabendo onde esconder as moedas, colocou-as na boca, debaixo da língua.

Depois, tentou fugir. Não havia, porém, dado um passo sequer e se sentiu agarrado, enquanto duas vozes diziam para ele, de modo horripilante:

— Entregue sua bolsa ou pague com a sua vida!

Não podendo responder com palavras, devido ao dinheiro que guardava na boca, Pinóquio desmanchou-se em mil mímicas e gestos, para tentar deixar claro para aquelas duas figuras encapuzadas, das quais só podia ver os olhos através de dois buracos feitos no manto, que ele era um pobre boneco e não trazia no bolso nem mesmo uma moeda enferrujada.

— Vamos! Deixe de enrolar e passe para cá o dinheiro! — berraram os dois bandidos em tom ameaçador.

Pinóquio fez gesto com as mãos de que não tinha dinheiro nenhum.

— Ou você entrega o dinheiro ou vamos atrás de seu pai.

— Não, não, não! Meu pobre papai, não! — gemeu Pinóquio, desesperado e, ao falar, as moedas fizeram barulho dentro de sua boca.

— Ah! Que grande bobo! Ele escondeu debaixo da língua? Cuspa o dinheiro já!

Mas Pinóquio era teimoso. Não cuspiu.

— Ah! Quer se fingir de surdo, não é? Espere um pouco. Já sei um meio de fazer você cuspir o dinheiro.

E, enquanto um deles segurava o boneco pela ponta do nariz, o outro o agarrava pelo queixo, puxando-o para baixo e o nariz para cima, querendo obrigar Pinóquio a abrir a boca. Mas foi tudo em vão. Os lábios de Pinóquio pareciam fechados com pregos.

Encorajado por essa vitória, usou suas unhas e, de algum jeito, conseguiu livrar-se dos meliantes. Pulou então a cerca que ficava na lateral da estrada e disparou através do campo.

Os bandidos saíram atrás dele e não pararam mais. O dia já começava a nascer e a corrida ainda continuava. De repente, Pinóquio viu seu caminho barrado por um fosso profundo, cheio de água suja. O que deveria fazer?

— Um! Dois! Três! — exclamou, saltando para a outra margem.

Os ladrões fizeram o mesmo, mas se esqueceram de calcular bem a distância: *Tchibum*! *Tchibum*! Caíram bem no meio do fosso. Pinóquio, que percebeu o mergulho pelo barulho da água, gritou com eles, sem parar, e deu risada:

— Que vocês tenham um bom banho, senhores!

E estava convencido de que os seus perseguidores ficariam ali, quando, ao virar a cabeça, percebeu que ambos ainda o estavam perseguindo, vestindo seus mantos molhados e pingando água.

# 14

Diante disso, o boneco desanimou e ficou prestes a se jogar ao chão, acreditando que tudo estava perdido. Nesse momento, enxergou ao longe, por entre o arvoredo verde-escuro, uma casinha branca como a neve.

— Se eu tivesse fôlego para chegar até aquela casa — falou ele consigo mesmo —, talvez me salvasse...

E, sem um instante de hesitação, recomeçou a correr por entre as árvores, tentando fugir dos ladrões. Finalmente, após uma corrida desesperada, que durou quase duas horas, chegou, completamente sem fôlego, à porta da casinha. Bateu, aflito. Nada de resposta. Bateu novamente com toda a força, pois ouvia o som de passos que se aproximavam e a respiração ofegante dos seus perseguidores. Dentro da casa, porém, o silêncio continuou o mesmo.

Vendo que era inútil bater, começou a dar murros e pontapés na porta. Só então a janela se abriu e uma linda criança apareceu. Tinha cabelos azuis e rosto tão branco que parecia de cera; seus olhos estavam fechados e as mãos postas em cruz sobre o peito. A criança dos cabelos azuis não passava de uma linda fada que há mais de mil anos morava naquele bosque.

Pinóquio estava tão exausto que desmaiou com a beleza da Fada.

A Fada pegou o boneco nos braços, levou-o para um pequeno quarto inteiramente forrado de madrepérola e mandou chamar com urgência os mais famosos médicos da vizinhança.

Os médicos vieram imediatamente, um atrás do outro; um Corvo, uma Coruja e um Grilo Falante.

— Desejo saber, senhores — disse a Fada, dirigindo-se aos três médicos que rodeavam o leito de Pinóquio — qual a situação desse pobre boneco.

O Corvo adiantou-se, pegou o pulso de Pinóquio, tocou seu nariz e a ponta do seu pé; depois disse, com toda a sinceridade:

— A meu ver, o boneco está completamente morto, mas, se infelizmente ainda não tiver morrido, isso será sinal de que ainda está vivo...

— Lamento ser forçada a contradizer o meu ilustre amigo colega Corvo — disse a Coruja —, mas, na minha opinião, o boneco ainda vive. Se, porém, infelizmente, ele não estiver vivo, será sinal de que realmente morreu.

— E o senhor, não tem nada a dizer? — perguntou a Fada ao Grilo Falante.

— Na minha opinião, a coisa mais sábia que um médico prudente pode fazer, quando não sabe o que está dizendo, é se calar. No mais, esse boneco tem uma cara que não me é estranha. Conheço ele de algum outro tempo...

Pinóquio, que até aquele momento estava imóvel como um verdadeiro pedaço de madeira, foi tomado por uma crise de tremores, que sacudiam a cama toda.

— Esse boneco — continuou o Grilo Falante — é um bobo...

Pinóquio abriu os olhos, mas tornou a fechá-los imediatamente.

— Esse boneco que está aí é um filho desobediente, que fará com que seu pobre pai se acabe em desgosto...

Nesse instante, pôde ser ouvido um som de soluços abafados. Imaginem o espanto de todos quando, erguendo um pouco as cobertas, descobriram que os soluços vinham de Pinóquio.

# 15

Os três médicos tinham acabado de sair do quarto, quando a Fada se aproximou de Pinóquio e, colocando a mão na testa do boneco, compreendeu que ele estava ardendo em febre. Tendo isso em mente, dissolveu um pó branco em meio copo de água e disse a Pinóquio, amavelmente:

— Beba isso, que em poucos dias você vai estar curado.

Pinóquio olhou para o copo, fez uma careta e perguntou com voz de choro:

— É doce ou amargo?

— É amargo, mas vai lhe fazer bem.

— Se é amargo eu não tomarei.

— Segue o meu conselho: bebe.

— Detesto tudo que é amargo.

— Bebe e depois lhe darei um montão de açúcar para tirar o gosto.

— Onde está o montão de açúcar?

— Está aqui — respondeu a Fada, segurando um açucareiro de ouro.

— Dê-me primeiro o montão de açúcar e depois tomarei essa horrível água amarga...

— Promete?

— Sim...

A Fada lhe deu o açúcar, e Pinóquio, devorando tudo em um segundo, disse, lambendo os lábios:

— Seria uma bela coisa se açúcar fosse remédio! Eu tomaria todos os dias.

— Agora cumpre sua promessa e bebe esse golinho de água, que irá curar você.

Pinóquio segurou o copo com má vontade e cheirou-o; depois o aproximou dos lábios, tornou a cheirá-lo e, por fim, disse:

— É amargo demais! É amargo demais! Não posso tomar isso.

— Como você pode afirmar isso, se nem provou nada?

— Eu imagino! Sei pelo cheiro. Quero outro montão de açúcar... e depois tomarei o remédio...

Com toda a paciência de uma boa mãe, a Fada colocou outro montão de açúcar na boca do boneco e mais uma vez lhe apresentou o copo de remédio.

— Não posso tomá-lo assim! — protestou o boneco, fazendo careta.

— Por quê?

— Porque o travesseiro que está em cima dos meus pés está me incomodando.

A Fada tirou o travesseiro.

— É inútil. Mesmo assim não posso tomar isso...

— O que é que está impedindo você agora?

— A porta do quarto, que está entreaberta, me incomoda.

A Fada chegou até a porta e fechou-a.

Não achando mais pretextos, Pinóquio chorou.

— Não vou beber, não vou beber essa água amarga! Não, não e não!

— Meu pequeno, você vai se arrepender...

— Não importa...

— Sua doença é grave...

— Não faz mal...

— Essa febre em poucas horas vai levar você para o outro mundo...

— Não faz mal...

— Não tem medo da morte?

— Nem um pouco! Prefiro antes morrer do que tomar esse remédio amargo...

Nesse momento, a porta do quarto ficou escancarada e quatro coelhinhos pretos entraram.

— O que vocês querem? — gritou Pinóquio, sentando-se na cama, pálido de susto.

— Viemos para levar você para o outro mundo — respondeu um dos coelhos.

— Para me levar? Mas eu ainda estou vivo!

— Sim, mas você tem apenas alguns minutos de vida, já que não quis tomar o remédio que podia curar a sua febre.

— Oh, Fada, Fada! — gritou Pinóquio. — Dê-me o remédio... depressa, pelo amor de Deus, pois eu quero viver. Sim... eu quero viver...

E, agarrando o copo com as duas mãos, tomou tudo em um só gole.

Poucos minutos mais tarde, Pinóquio pulava da cama completamente bem, pois, como todos sabem, os bonecos de madeira curam-se rapidamente.

Vendo-o correr pelo quarto, alegre e saltitante, a Fada lhe disse:

— Então o meu remédio fez realmente bem a você?

— Mais do que bem, salvou a minha vida!

— Por que, então, demorou para tomar?

— Porque nós crianças somos todas assim! Temos mais medo dos remédios do que das doenças.

— É uma pena! Todas as crianças deviam saber que um bom remédio, tomado a tempo, pode salvá-las das doenças mais graves...

— Oh, mas da próxima vez não vou fazer tanta birra. Vou me lembrar daqueles coelhos pretos... e imediatamente tomarei todos os remédios que me derem!

— Agora vem comigo e me conte de que maneira você conseguiu fugir dos dois ladrões.

Pinóquio contou tudo.

— E as quatro moedas, onde as colocou? — perguntou a Fada.

— Perdi todas! — respondeu Pinóquio, contando uma mentira, pois as moedas estavam no seu bolso. Pouco depois de mentir, seu nariz, que já era comprido, começou a crescer e ficou dois dedos maior do que era.

— E onde você as perdeu?

— No bosque.

Depois da segunda mentira, seu nariz continuou a crescer.

— Se você perdeu as moedas no bosque, que fica aqui perto, nós iremos procurá-las e as encontraremos — replicou a Fada —, pois tudo que se perde nesse bosque é sempre encontrado.

— Ah! Agora me lembro bem — respondeu o boneco, completamente atrapalhado. — Eu não perdi as moedas de ouro, eu as engoli sem perceber, ao beber o remédio.

Depois dessa terceira mentira, seu nariz cresceu tanto e ficou tão extraordinariamente comprido que o pobre Pinóquio não podia se mexer em direção alguma. Se tentasse virar para um lado, bateria com o nariz na cama ou nas vidraças; se virasse para o outro, esbarraria nas paredes ou na porta; se levantasse um pouquinho mais a cabeça, correria o risco de furar as roupas da Fada.

A Fada olhou para ele e riu.

— Do que está rindo? — perguntou o boneco, muito aflito com as proporções fantásticas que o seu nariz estava tomando.

— Estou rindo das mentiras que você me contou.

— E como pode saber que falei uma mentira?

— Mentiras, meu caro menino, são descobertas facilmente, porque só existem de duas maneiras: mentiras de pernas curtas e mentiras de nariz comprido. A sua mentira, pelo que vejo, é da que tem nariz comprido.

Pinóquio, não sabendo onde se esconder de vergonha, tentou fugir do quarto; mas não conseguiu, pois seu nariz cresceu tanto que não podia mais passar pela porta.

# 16

A Fada deixou o boneco chorar e lamentar durante uma boa meia hora porque o seu nariz não podia mais passar pela porta do quarto. Ela fez isso para lhe dar uma lição e corrigi-lo do péssimo defeito de mentir. Mas, ao vê-lo completamente atordoado, com os olhos inchados e vermelhos de tanto chorar, ficou com muita pena. Bateu palmas e milhares de pássaros enormes, chamados pica-paus, entraram voando pela janela. Imediatamente foram pousar no nariz de Pinóquio e começaram a bicá-lo e em poucos minutos o enorme nariz estava de volta às dimensões normais.

— Que boa Fada você é — disse o boneco, enxugando os olhos —, e como eu a quero bem!

— Eu também gosto de você — respondeu a Fada — e, se quiser morar comigo, vai ser meu irmãozinho e eu ficarei sendo sua boa irmãzinha...

— Bem que eu gostaria de ficar... Mas, e o meu pobre papai?

— Não me esqueci de nada. Já mandei avisar seu pai e ele estará aqui hoje à noite.

— Sério? — exclamou Pinóquio, saltando de contentamento. — Então, Fadinha, se me permitir, irei ao encontro dele. Eu me sinto tão ansioso para abraçar esse pobre velhinho, que tem sofrido tanto por minha causa, que estou contando os minutos.

— Vá, então, mas tenha cuidado para não se perder. Pegue o caminho do bosque e você vai encontrar seu pai.

Pinóquio partiu e, mal entrou no bosque, começou a correr como um cabrito. Quando, porém, chegou a um certo lugar, quase em frente ao Carvalho Grande, parou, pois parecia que alguém caminhava pelo mato. Duas pessoas surgiram na estrada. Adivinhem quem eram! Os dois companheiros de viagem de Pinóquio, a Raposa e o Gato, com quem ele jantou na estalagem do Caranguejo Vermelho.

— Olá! Nosso querido Pinóquio! — exclamou a Raposa, beijando e abraçando o boneco. — Como veio parar aqui?

— Como veio parar aqui, hein? — repetiu o Gato.

— É uma história muito longa, que eu contarei quando tiver tempo — respondeu o boneco. — Mas vocês sabem que naquela outra noite, quando me deixaram sozinho na estalagem, eu encontrei ladrões na estrada?

— Ladrões? Oh, pobre Pinóquio! E o que eles queriam?

— Queriam roubar as minhas moedas de ouro, mas eu fugi deles — continuou o boneco.

— É possível coisa mais horrível do que essa? — comentou a Raposa. — Em que espécie de mundo estamos condenados a viver! Onde encontraremos um lugar em que pessoas respeitáveis como nós possam se sentir seguras?

— E, agora, o que faz aqui? — a Raposa continuou perguntando ao boneco.

— Estou à espera de papai, que deve chegar a qualquer momento.

— E as moedas de ouro?

— Estão todas no meu bolso; todas, menos a que gastei na estalagem do Caranguejo Vermelho.

— E pensar que, em vez de quatro moedas, amanhã você poderá ter mil, ou duas mil! Por que você não ouve o meu conselho? Por que não vai enterrá-las no Campo dos Milagres?

— Hoje é impossível, irei outro dia.

— Outro dia será tarde demais — replicou a Raposa.

— Por quê?

— Porque o campo foi comprado por um senhor e depois de amanhã ninguém mais terá licença para enterrar dinheiro lá.

— A que distância daqui fica o Campo dos Milagres?

— Menos de três quilômetros. Quer ir conosco? Em meia hora você estará lá. Poderá enterrar seu dinheiro imediatamente, e dentro de poucos minutos colherá as duas mil moedas, podendo voltar esta mesma noite com os bolsos cheios. Quer ir conosco?

Pinóquio se lembrou da boa Fada, do velho Gepeto, dos conselhos do Grilo Falante e hesitou um pouco antes de responder. Terminou, entretanto, fazendo o que fazem todos os meninos que não têm um pingo de juízo: sacudiu a cabeça e disse à Raposa e ao Gato:

— Vamos, irei com vocês.

E foi.

Depois de terem caminhado durante metade do dia, chegaram a uma cidade que se chamava Engana-Trouxas.

— E onde fica o Campo dos Milagres? — perguntou Pinóquio.

— Aqui mesmo, a menos de dois passos de nós.

Atravessaram a cidade, passando pelos muros, e perceberam que estavam em um campo deserto, que aparentemente era igual a todos os outros campos.

— Chegamos, enfim — anunciou a Raposa ao boneco. — Agora abaixe-se e cave com as mãos um buraquinho na terra.

Pinóquio obedeceu. Fez um pequeno buraco no chão, colocou dentro as quatro moedas e tapou o buraco com um pouco de terra.

— Agora, disse a Raposa, vá até o riacho, que fica aqui perto, pegue uma lata de água e venha regar a plantação que fez.

Pinóquio foi até o riacho e, como não encontrou lata nenhuma, trouxe água em um de seus velhos sapatos e regou a plantação.

— É preciso fazer mais alguma coisa? — perguntou.

— Não, respondeu a Raposa. Podemos ir embora. Você deve voltar em vinte minutos; encontrará uma arvorezinha com os galhos carregados de dinheiro.

O boneco agradeceu muito à Raposa e ao Gato, prometendo a eles um lindo presente.

— Não desejamos presentes — responderam os dois enganadores. — Já nos basta o prazer de ter ensinado a você um meio de ficar rico sem esforço, e nos sentimos sinceramente felizes.

Assim dizendo, eles se despediram de Pinóquio e foram tratar de outros assuntos.

# 17

O boneco voltou para a cidade e começou a contar os minutos, um por um. Esperou vinte minutos e voltou ao Campo dos Milagres. Chegou perto do campo e parou para tentar visualizar as quatro árvores carregadas de ouro; entretanto, não viu nada. Avançou mais uns cem passos e nada. Entrou no campo... Correu para o buraco onde enterrou as moedas e nada. Tornou-se então muito pensativo; tirou a mão do bolso e coçou a cabeça. Nesse momento, ouviu uma gargalhada. Ergueu a cabeça. Descobriu, empoleirado em uma árvore, um grande papagaio, que limpava com o bico as poucas penas que lhe restavam.

— Por que está rindo? — perguntou Pinóquio, em tom zangado.

— Estou rindo à toa. Ri porque ao limpar as penas com o bico fiz cócegas debaixo das minhas próprias asas.

O boneco não respondeu. Foi novamente ao riacho e, enchendo de água o mesmo sapato, regou outra vez a terra que cobria o seu ouro. Enquanto fazia isso, uma nova gargalhada, ainda mais incômoda do que a primeira, ecoou no silêncio do campo.

— De uma vez por todas — berrou Pinóquio, perdendo a paciência —, poderia me dizer o que é tão engraçado? Você está sendo mal-educado, senhor papagaio.

— Estou rindo dos bobos que acreditam em tudo que lhes dizem e que se deixam enganar pelos malandros.

— Você se refere a mim?

— Sim, me refiro a você, pobre Pinóquio – me refiro a você, que é suficientemente bobo para acreditar que dinheiro pode ser semeado e colhido nos campos, do mesmo jeito que feijão ou abóboras. Eu também, uma vez, acreditei nisso e hoje sofro as consequências da minha tolice. Hoje sei que, para juntarmos honradamente algum dinheiro, temos que saber ganhá-lo, ou com o suor de nosso rosto, ou com o esforço da nossa própria inteligência.

— Não compreendo — disse o boneco, que começara a tremer de medo.

— Vou lhe explicar melhor — disse o Papagaio. — Enquanto você estava na cidade, a Raposa e o Gato voltaram para este campo, desenterraram o seu dinheiro e fugiram, mais rápido que o vento. Agora ninguém mais os encontrará.

Pinóquio ficou de boca aberta e, não podendo acreditar nas palavras do Papagaio, começou a escavar com as unhas a terra molhada. E cavou, cavou, cavou, fazendo um buraco profundíssimo; mas o dinheiro não estava mais lá.

# 18

Depois de tamanha desilusão, Pinóquio resolveu de uma vez por todas voltar para seu pai.

— Quantas desventuras me aconteceram! — ia dizendo consigo mesmo. — E eu bem que as mereci, pois sou um boneco teimoso e desobediente... tenho a mania de fazer só o que bem entendo, sem dar ouvidos às pessoas que desejam o meu bem e que têm mil vezes mais juízo do que eu! Mas, de agora em diante, estou resolvido a mudar e a me tornar bonzinho e obediente... Será que papai ficou me esperando? Será que vou encontrá-lo na casa da Fada? Pobre homem, faz tanto tempo que o vi pela última vez! Estou louco para abraçá-lo e cobri-lo de beijos! Será que a Fada perdoará o meu péssimo comportamento? E pensar em toda a bondade e carinho com que ela me tratou...

Tomado de um mau pressentimento, começou a correr com todas as forças que lhe restavam e, em poucos minutos, chegou ao campo onde em outros tempos ficava a casinha branca. Mas a casinha branca não estava mais lá. No lugar dela, Pinóquio encontrou uma laje de mármore, onde estavam gravadas estas tristes palavras:

*Aqui jaz a Criança dos cabelos azuis, que partiu de desgosto porque foi abandonada por seu irmãozinho Pinóquio*

Imaginem o que o boneco sentiu quando, com dificuldade, conseguiu soletrar aquele texto! Caiu de bruços no chão e, cobrindo a pedra do túmulo com beijos, explodiu em choro e angústia durante a noite inteira.

Ao amanhecer, ainda estava chorando, embora não tivesse mais lágrimas. Seus soluços eram tão agudos e comoventes que até abalavam as montanhas vizinhas.

— Oh, Fadinha, por que você se foi? — soluçava ele. — E meu papai? Onde estará ele? Oh, Fadinha, diga-me onde poderei encontrá-lo, pois quero ficar sempre junto dele e nunca, nunca mais deixá-lo!

Nesse momento, um grande Pombo passou sobre sua cabeça e, pairando no ar de asas abertas, disse-lhe, lá do alto:

— Conte para mim, criança, o que está fazendo aí?

— Não está vendo? Estou chorando! — respondeu Pinóquio, erguendo a cabeça em direção à voz e esfregando os olhos com a ponta da blusa.

— Diga-me — continuou o Pombo — entre os seus companheiros, não conhece um boneco chamado Pinóquio?

— Pinóquio? Pinóquio, você disse? — repetiu o boneco, levantando-se depressa. — Sou eu, Pinóquio!

Após a resposta, o Pombo desceu imediatamente. Era um pombo maior do que um peru.

— Também conhece Gepeto? — perguntou a ave.

— Se o conheço? É o meu pobre papai! Quer me levar para junto dele? Ele ainda está vivo? Responda, pelo amor de Deus. Meu pai Gepeto ainda está bem?

— Há três dias eu o deixei na praia.

— O que ele estava fazendo?

— Estava construindo um bote para atravessar o oceano. Esse pobre homem andou pelo mundo à sua procura. Não conseguiu encontrá-lo e tomou agora a decisão de partir para os distantes países do Novo Mundo, sempre em busca de você.

— A que distância daqui fica a praia? — perguntou Pinóquio, com a respiração ofegante.

— A mais de mil quilômetros.

— Mil quilômetros? Oh, Pombo, que coisa linda seria possuir as suas asas!

— Se você quiser, eu o levarei até lá.

— Como?

— Montado em minhas costas. Você é muito pesado?

— Não peso quase nada. Sou leve como uma pluma.

Sem mais hesitações, Pinóquio saltou para as costas do Pombo e, montando-o como se fosse um cavalo, exclamou alegremente:

— Galope, galope, meu cavalinho, pois estou ansioso para chegar depressa!

O Pombo levantou voo e, em poucos minutos, subiu tão alto que quase tocava as nuvens. Vendo a si mesmo em uma grande altura, o boneco teve curiosidade de se virar e olhar para baixo, mas sentiu a cabeça girar e ficou com tanto medo de cair que se agarrou com os dois braços ao pescoço do seu corcel de plumas.

Voaram o dia inteiro. Ao anoitecer, o Pombo disse:

— Estou com muita sede!

— E eu, com muita fome! — acrescentou Pinóquio.

— Vamos parar alguns minutos naquele pombal e depois continuaremos nossa viagem a tempo de chegarmos à praia ao amanhecer.

Desceram em um pombal deserto, onde apenas encontraram uma vasilha com água e uma cesta de ervilhas.

O boneco, em toda a sua vida, jamais comera uma ervilha. Aquela tarde, entretanto, comeu até não poder mais e, quando viu a cesta quase vazia, virou-se para o Pombo e disse:

— Nunca achei que ervilha fosse uma coisa tão gostosa!

— Você pode estar certo, meu pequeno — replicou o Pombo. — Quando realmente sentimos fome e não temos outra coisa para comer, até mesmo a ervilha se torna deliciosa. A fome não conhece caprichos, nem gulas.

Terminada rapidamente a breve refeição, recomeçaram a viagem e partiram voando. Na manhã seguinte, chegaram à praia.

O Pombo colocou Pinóquio no chão e, não querendo ser incomodado com agradecimentos pela boa ação praticada, levantou voo novamente e desapareceu.

A praia estava repleta de pessoas, que olhavam para o mar, gritavam e gesticulavam.

— O que aconteceu? — perguntou Pinóquio, dirigindo-se a uma senhora.

— Um pobre pai que perdeu o filho entrou em um bote para procurá-lo do outro lado do oceano, mas, hoje, como o mar está agitado, o pequeno bote corre perigo de afundar.

— Onde está o bote?

— Está lá, bem na direção do meu dedo — disse a senhora, indicando a pequena embarcação que, olhando daquela distância, parecia uma casca de noz com um homenzinho minúsculo dentro.

Pinóquio fixou os olhos na embarcação e, depois de examiná-la atentamente, lançou um grito agudo e chorou:

— É meu papai! É meu papai!

Atacado pela fúria das ondas, o bote às vezes desaparecia nas profundezas do mar, às vezes aparecia na água. Pinóquio foi para o topo de um alto rochedo, chamou seu pai pelo nome e fez todos os tipos sinais, com as mãos, com o lenço e com o gorro.

Embora estivesse muito longe, parece que Gepeto reconheceu seu filho, pois também tirou o gorro e começou a sacudi-lo, tentando explicar com gestos que se fosse possível ele voltaria, mas que o mar estava tão bravo que ele não podia se aproximar da praia.

De repente, uma onda enorme se ergueu, e o bote desapareceu. Todos esperaram que a canoazinha voltasse mais uma vez ao horizonte, mas não voltou.

— Pobre homem! — exclamaram os pescadores reunidos na praia e, murmurando preces, voltavam para as suas casas.

Nesse momento, porém, ouviram um grito desesperado e, olhando para trás, viram um menino que, se lançando ao mar do alto de um rochedo, exclamava:

— Eu vou te salvar, papai!

Feito de madeira, como era, Pinóquio boiava facilmente; além disso, sabia nadar como um peixe. Viram ele desaparecer sob as águas, arrebatado pela violência das ondas, para surgir logo em seguida, debatendo-se energicamente. Por fim, perderam-no de vista.

— Pobre menino! — disseram os pescadores e, entristecidos por tal cena, voltaram para suas casas.

# 19

Sempre esperando chegar a tempo de salvar seu pai, Pinóquio nadou a noite inteira. E que noite terrível! A chuva caía torrencialmente, acompanhada de granizo; a trovoada era tremenda e a luz dos relâmpagos clareava o céu como se fosse dia.

Ao amanhecer, Pinóquio avistou uma longa faixa de terra. Era uma ilha em pleno oceano.

Ele usou todas as suas energias para alcançar a praia, mas foi inútil. As ondas ergueram-se de maneira furiosa umas sobre as outras, atirando-o para todos os lados como se ele não passasse de um simples pedaço de madeira. Por fim, e felizmente para Pinóquio, uma onda gigante o empurrou com tanta força que o lançou fortemente à pequena praia da ilha.

A queda foi tão forte que, ao tocar o solo, suas costelas e todas as suas juntas estalaram; mas ele se consolou, dizendo:

— Mais uma vez escapei milagrosamente!

Pouco a pouco o céu clareou, o sol surgiu em todo o seu brilho e o mar tornou-se manso como um lago.

O boneco estendeu as roupas ao sol para secá-las e olhou em todas as direções, na esperança de ver sobre a vasta extensão das águas uma pequena embarcação com um homenzinho dentro. Mas, embora olhasse bastante, nada mais viu além do céu, do mar e da vela de algum barco, tão distante que não parecia maior que uma pulga.

— Se ao menos eu soubesse como se chama esta ilha! — murmurou ele. — Se ao menos soubesse se é habitada por alguma família...

A ideia de estar só, só, completamente só, numa grande terra desabitada, deixou-o tão triste que ele já ia começando a chorar. Mas, nesse momento, perto da praia, surgiu um enorme peixe, que vinha nadando calmamente, muito satisfeito, com a cabeça para fora da água.

Não sabendo o seu nome, Pinóquio gritou em voz bem alta para que o peixe ouvisse:

— Senhor Peixe, permite uma palavrinha?

— Até duas, se quiser — respondeu o peixe, que era um Golfinho tão bem-educado como poucos que existiam no oceano inteiro.

— Terá a bondade de me informar se nesta ilha há alguma casa onde seja possível obter algo para comer?

— Certamente que sim — replicou o Golfinho. — Você poderá encontrar uma perto daqui.

— E que caminho devo seguir para chegar lá?

— Você deve pegar a estrada que fica à sua esquerda e seguir na direção do seu nariz. Não tem erro.

— Poderá me dar uma outra informação? O senhor que vive nadando dia e noite pelo mar, não encontrou por acaso um pequeno bote com meu pai dentro?

— E quem é seu pai?

— É o melhor papai do mundo, ao passo que seria difícil encontrar um filho pior do que eu.

— Durante a terrível tempestade da noite passada — respondeu o Golfinho —, o pequeno bote deve ter ido para o fundo do mar.

— E meu papai?

— Deve ter sido engolido pelo terrível Tubarão que, de alguns dias para cá, vem espalhando o terror em nossas águas.

— E é muito grande esse Tubarão? — perguntou Pinóquio, que já começava a tremer de medo.

— Grande? — respondeu o Golfinho. — Para que você possa fazer uma ideia do seu tamanho, devo dizer que é maior do que um prédio de cinco andares e que sua boca é tão grande que um trem de ferro, com a locomotiva e tudo, passaria facilmente pela sua goela.

— Deus nos ajude! — exclamou o boneco apavorado e, vestindo suas roupas com a maior das pressas, disse ao Golfinho: — Até logo, senhor Peixe; desculpe o incômodo que lhe causei e muito obrigado pela sua gentileza.

Pegou então o caminho que foi indicado e começou a andar rapidamente – tão rápido que quase corria. Ao menor ruído olhava para trás, temendo que o terrível Tubarão com um trem de ferro na boca o estivesse seguindo.

Após caminhar por meia hora, chegou a uma pequena aldeia chamada Vila das Abelhas Industriais. A estrada formigava de pessoas que corriam de um lado para outro, tratando dos seus negócios; todos trabalhavam, todos tinham algo a fazer.

— Ah! — disse imediatamente o desleixado Pinóquio. — Vejo que esta cidade não me servirá nunca. Não nasci para trabalhar.

Nesse meio-tempo, a fome o atormentava, pois ele não comera nada nas últimas vinte e quatro horas – fora a ervilha.

Havia apenas dois meios de se obter comida: ou trocar comida por trabalho, ou pedir um pedaço de pão.

Naquele momento, um homem surgiu pela estrada, cansado e ofegante. Arrastava com esforço e dificuldade duas carretas de carvão.

Pela sua expressão, parecia se tratar de um bom homem. Pinóquio se aproximou dele e, baixando os olhos, envergonhado, disse em voz baixa:

— Quer fazer a caridade de me dar uma moeda? Estou morrendo de fome.

— Não lhe darei uma moeda, mas sim moedas, se você me ajudar a puxar até em casa essas carretas de carvão — respondeu o homem.

— O senhor me surpreende! — exclamou o boneco, todo ofendido. Saiba que não estou habituado a servir de burro de carga; nunca na minha vida puxei carroça!

— Melhor para você — respondeu o homem. — Nesse caso, meu pequeno, se você está mesmo com muita fome, coma duas fatiazinhas do seu orgulho e tome cuidado para não ter indigestão...

Poucos minutos mais tarde, um pedreiro passou, carregando aos ombros um saco de cal.

— Meu bom senhor, quer fazer a caridade de dar uma moeda a um pobre menino que está morrendo de fome?

— Com muito gosto — respondeu o homem. — Venha comigo, ajude-me a carregar essa cal e, em vez de uma moeda, entregarei vinte a você.

— Mas cal pesa muito — Pinóquio argumentou. — E eu não quero me cansar.

— Se não deseja se cansar, meu pequeno, divirta-se com a sua fome e tire bom proveito dela.

Em menos de meia hora, passaram por ali umas vinte pessoas, e Pinóquio apelou para a caridade de todas, mas a resposta era sempre a mesma:

— Você não tem vergonha de pedir moedas? Em lugar de não fazer nada pelas estradas, por que você não procura algum trabalho?

Por fim, passou uma moça muito bonita, carregando duas latas de água.

— Permite que eu beba um pouco da água de sua lata? — perguntou Pinóquio, que ardia de sede.

— Beba, meu pequeno, se você tem vontade — respondeu a moça, pousando as latas no chão.

Pinóquio bebeu como um peixe e, depois de enxugar a boca, murmurou:

— Já matei minha sede. Se pudesse agora saciar a minha fome!

A boa moça, ouvindo essas palavras, disse imediatamente:

— Se me ajudar a levar para casa essas duas latas de água, darei um pedaço de pão com manteiga a você.

Pinóquio olhou para as latas e não disse nem sim nem não.

— E além do pão ainda lhe darei um prato de couve-flor com molho branco — acrescentou a boa moça.

Pinóquio deu uma outra olhada para a lata de água e não disse nem sim nem não.

— E depois da couve-flor ganharás um lindo bombom bem doce.

A tentação daquela última oferta foi tão grande que Pinóquio não pôde resistir por mais tempo e, com um ar de decisão, respondeu:

— Muito bem! Carregarei a lata até a sua casa.

A lata era pesada e o boneco, não tendo força suficiente para carregá-la na mão, foi obrigado a levá-la na cabeça.

Quando chegaram a casa, a boa moça fez Pinóquio se sentar em uma pequena mesa já posta e colocou diante dele o pão, a couve-flor e o bombom.

Pinóquio não comeu, devorou! Seu estômago parecia uma casa que tinha ficado vazia durante cinco meses.

Quando a fome feroz se acalmou um pouco, ele ergueu cabeça para agradecer à sua benfeitora; mas nem bem fixou nela os olhos e deixou escapar um prolongado *Oh-h-h*! de surpresa, ficou de olhos arregalados, o garfo no ar e a boca cheia de couve-flor, como se alguém o houvesse enfeitiçado.

— O que te surpreendeu tanto? — perguntou a boa moça, dando risadas.

— É... — gaguejou o boneco — é que a senhora se parece... Sim, sim a mesma voz... os mesmos olhos... os mesmos cabelos... sim, sim, sim... a senhora tem os mesmos cabelos azuis... Oh, Fadinha! Me diga que é você mesma! Não me faça chorar mais! Se soubesse como tenho chorado, e como tenho sofrido...

E, atirando-se aos seus pés, Pinóquio abraçou os joelhos da misteriosa senhorita e começou a chorar amargamente.

# 20

A princípio, a boa moça continuou negando que fosse a fada dos cabelos azuis; mas se vendo descoberta e não desejando por mais tempo continuar aquela comédia, acabou revelando sua identidade e disse:

— Seu pestinha! Como você descobriu quem eu era?

— Foi a minha grande afeição por você que me indicou a verdade.

— Você se lembra? Quando você me deixou, eu era uma criança e agora, ao me encontrar novamente, sou uma mulher, uma mulher de idade quase suficiente para ser sua mamãe.

— Estou contentíssimo com isso, pois agora em vez de chamá-la de irmãzinha, vou chamá-la de mamãe. Desejei sempre ter mãe, como os outros meninos! Mas como foi que você conseguiu crescer tão depressa?

— Isso é segredo.

— Me ensine, pois eu também gostaria de crescer. Não vê? Nunca passo desse tamanho.

— Mas você não pode crescer — respondeu a Fada.

— Por quê?

— Porque bonecos não crescem. Nascem bonecos, vivem bonecos e morrem bonecos.

— Oh, mas já estou cansado de ser boneco! — exclamou Pinóquio, dando um tapinha em si mesmo. — Já é tempo de me tornar homem...

— E você vai se tornar um dia, se merecer...

— Sério? E o que devo fazer para merecer?

— Uma coisa muito fácil; é só aprender a ser um bom menino.

— E você acha que não sou um bom menino?

— Você é justamente o contrário. Bons meninos são obedientes e...

— E eu nunca obedeço, não é?
— Bons meninos aprendem a estudar e...
— E eu em vez disso levei a vida sem estudar durante o ano inteiro.
— Bons meninos sempre falam a verdade...
— E eu vivo mentindo.
— Bons meninos vão alegres para a escola...
— E a escola me faz sentir dores pelo corpo todo. Mas de hoje em diante mudarei de vida.
— Você promete?
— Prometo. Me tornarei um menino muito bonzinho e serei o conforto de meu papai... Onde ele está nesse momento?
— Não sei.
— Será que terei a felicidade de revê-lo e abraçá-lo?
— Acredito que sim, com certeza.
Diante dessa resposta, Pinóquio ficou tão louco de alegria que agarrou as mãos da Fada e começou a beijá-las com grande entusiasmo. Depois, fixando o olhar na Fada, perguntou:
— Me diga, mamãezinha: então não era verdade que você morreu?
— Parece que não, disse a Fada sorrindo.
— Se soubesse a tristeza que senti...
— Bem sei e foi por causa disso que o perdoei. Vi pela sinceridade da sua dor que o seu coração era bom e, quando um menino tem bom coração, mesmo que seja desobediente e tenha maus hábitos, sempre há esperança de que se recupere. Por isso, vim aqui procurar você. Serei sua mamãe....
— Oh, que bom! — gritou Pinóquio, pulando de alegria.
— Você vai ter que me obedecer e fazer tudo o que eu mandar.
— Farei tudo, tudo, tudo!
— Amanhã — continuou a Fada —, você começa indo para a escola.
A alegria de Pinóquio diminuiu um pouco.
— E vai ter que escolher uma profissão de acordo com a sua vocação.
Pinóquio tornou-se muito sério e resmungou.
— O que você está resmungando, tremendo os dentes? — perguntou a Fada, zangada.
— Eu estava dizendo — gemeu o boneco com voz surda — que agora já me parece tarde demais para ir à escola...

— Não, senhor. Fique sabendo que nunca é tarde demais para aprender.

— Mas eu não desejo seguir nenhuma vocação ou profissão.

— Por quê?

— Porque o trabalho me cansa.

— Meu filho — respondeu a Fada —, todas as pessoas que dizem isso acabam na cadeia ou no hospital. Todos os homens, ricos ou pobres, precisam fazer algo neste mundo! Ocupar-se com alguma tarefa. É terrível levar uma vida desleixada! A preguiça é um mal que deve ser combatido durante a infância, pois, do contrário, não se pode curar mais tarde.

Pinóquio se impressionou com essas palavras e, sacudindo a cabeça, disse à Fada:

— Eu estou resolvido a estudar, a trabalhar, a fazer tudo que você manda, pois estou cansado de ser boneco e quero a todo custo ser um menino. Você prometeu que eu conseguiria, não?

— Sim, eu prometi, mas agora tudo depende de você.

# 21

No dia seguinte, Pinóquio foi para a escola.

Imaginem a alegria de todos aqueles meninos levados ao verem um boneco dentro da sua escola! Foi uma gargalhada só. Fizeram tudo que é tipo de pegadinhas com o novato. Um deles lhe roubou o gorro, outro lhe puxou a blusa por trás; outro tentou pintar sobre o seu nariz um par de bigodes de tinta e outro quis amarrar barbantes nos pés e nas mãos dele para fazê-lo dançar.

Por algum tempo, Pinóquio manteve intenções de não se importar com isso; mas depois, perdendo toda a paciência, virou a cara para os que estavam se divertindo à sua custa e disse, muito zangado:

— Cuidado, meninos: não vim aqui para ser o palhaço de vocês. Respeito os outros e quero ser respeitado.

Ao se defender, Pinóquio conquistou a simpatia de todos os meninos da escola. Até mesmo o professor o elogiou por sua aplicação, sempre estudioso e inteligente – o primeiro a chegar à escola e o último a sair quando as aulas terminavam.

Seu único defeito era ter arranjado um número excessivo de amigos, entre os quais havia alguns conhecidos por serem preguiçosos e maus.

O professor aconselhava Pinóquio todos os dias e até mesmo a boa Fada não deixava de repetir constantemente:

— Tome cuidado! Esses maus companheiros que você arranjou cedo ou tarde ainda acabarão fazendo você perder seu amor pelo estudo e podem colocá-lo em uma situação ruim.

— Não há perigo! — respondia o boneco, gesticulando com os ombros e com a testa, como se os meninos tivessem juízo.

Mas aconteceu que, um belo dia, Pinóquio estava a caminho da escola, quando se encontrou com alguns desses amigos, que, cercando-o, perguntaram:

— Já sabe da grande novidade?

— Não.

— No mar, perto daqui, apareceu um Tubarão do tamanho de uma montanha.

— Sério? Será que é o mesmo Tubarão que estava lá quando meu pai naufragou?

— Nós vamos à praia vê-lo. Quer vir com a gente?

— Não, eu vou para a escola.

— Que importância tem isso? Podemos ir à escola amanhã. Tanto faz uma lição a mais ou a menos.

— Mas o que o professor vai dizer?

— Que diga o que quiser. Ele é pago para se queixar e resmungar o dia inteiro.

— E a mamãe?

— As mamães não sabem de nada — responderam os meninos maus.

— Quer saber? — disse Pinóquio. — Tenho razões especiais para ver o Tubarão, mas só irei lá quando a aula terminar.

— Bobo! — exclamou um dos garotos. — Pensa então que um peixe daquele tamanho ficará à sua espera? Assim que ele se cansar de estar aqui, partirá para outro lugar e então será tarde demais.

— Quanto tempo se leva para ir daqui à praia? — perguntou o boneco.

— Podemos ir e voltar em uma hora.

— Então, vamos! — gritou Pinóquio. — E quanto mais depressa, melhor.

Dando o sinal de partida, os meninos, com seus livros e cadernos debaixo do braço, dispararam pelos campos com Pinóquio à frente – parecia até que ele tinha asas nos pés.

De vez em quando, voltava a olhar para os companheiros, que vinham a alguma distância atrás, e os via quase sem fôlego, cobertos de poeira e com as línguas de fora. Ele deu muitas risadas disso, mas o infeliz boneco não podia nem imaginar os desastres que o esperavam!

# 22

Ao chegar à praia, Pinóquio olhou para o mar e não viu Tubarão algum. O mar estava tão calmo que parecia um grande espelho de cristal.

— Onde está o Tubarão? — perguntou ele, olhando para os seus companheiros.

— Deve ter ido almoçar — respondeu um deles, dando risadas.

— Ou talvez tenha ficado na cama para tirar uma soneca — acrescentou outro, rindo ainda mais alto.

Depois de ouvir respostas tão absurdas e risadas tão bobas, Pinóquio percebeu que os seus companheiros tinham feito ele de bobo. Não gostando disso, se irritou e disse:

— E agora, posso saber qual é a graça disso?

— Oh, teve muita graça sim! — responderam em coro os garotos.

— E qual é o motivo da graça?

— Fazer você perder a aula e nos acompanhar. Não tem vergonha de ser tão pontual e aplicado em suas lições? Não tem vergonha de estudar tanto?

— E daí? Se quero estudar bastante, o que vocês têm a ver com isso?

— Temos muita coisa, porque isso reflete mal sobre todos nós diante do professor.

— Por quê?

— Porque os meninos estudiosos fazem parecer piores os que, como nós, não gostam de aprender. E isso é muito ruim. Nós também temos nosso orgulho!

— Então, o que devo fazer para agradar a vocês?

— Deve seguir o nosso exemplo e odiar a escola, as lições e o professor — nossos três maiores inimigos.

— E se eu quiser continuar meus estudos?

— Nesse caso, nada mais temos a dizer e na primeira oportunidade acertaremos nossas contas.

— Vocês até me dão vontade de rir — respondeu o boneco, sacudindo a cabeça.

— É, Pinóquio! — gritou o maior do grupo, enfrentando-o. — Nada de se sentir superior; não venha com seu deboche para cima da gente, porque, se você não tem medo de nós, nós não temos medo de você. Lembre-se de que você é apenas um e nós somos sete.

Pinóquio percebendo que estava em menor quantidade e que perderia a briga resolveu pular no mar para se salvar da confusão. O boneco continuou a nadar, mantendo-se sempre próximo a terra. Por fim, pensou ter chegado a um lugar seguro. Lançando um olhar para a praia, viu entre as rochas uma espécie de caverna da qual se erguia uma nuvem de fumaça.

— Naquela caverna deve haver fogo — murmurou consigo mesmo. — Irei até lá me secar e me aquecer. Depois veremos.

Após tomar essa decisão, aproximou-se das rochas; mas, quando ia andar sobre elas, sentiu algo debaixo da água que se erguia muito alto e o levava para o ar. Tentou fugir, mas já era tarde; surpreendido, foi preso em uma rede, junto com uma quantidade de peixes de todas as espécies e tamanhos, que se debatiam como loucos.

Nesse momento, um pescador saiu da caverna; era tão estranho que dava a impressão de ser um monstro marinho. Em vez de cabelo, sua cabeça era coberta por uma moita de capim verde, sua pele também era verde, seus olhos ainda mais verdes e a longa barba que chegava aos seus pés era igualmente verde. Ele parecia um grande lagarto verde.

Quando o pescador tirou a rede, exclamou com grande satisfação:

— Deus seja louvado! Hoje terei novamente um esplêndido jantar de peixes!

*Que sorte eu não ser peixe!,* pensou Pinóquio, ganhando um pouco de coragem.

Os peixes foram levados para a caverna, que era escura e cheia de fumaça. No centro, havia uma frigideira cheia de azeite fervendo, de onde saía um sufocante cheiro de cogumelos.

— Agora vamos ver que tipo de peixes apanhei! — disse o pescador verde e, enfiando dentro da rede uma enorme mão que mais se assemelhava a uma pá de padeiro, tirou um punhado de peixes do tipo salmonetes. — Estes salmonetes são bons!

O último a ficar na rede foi Pinóquio. Logo que o pescador o viu, ele arregalou os enormes olhos verdes e gritou meio assustado:

— Que espécie de peixe é essa? Não me lembro de jamais ter comido nada semelhante!

E, voltando a olhar atentamente para o boneco, examinou-o, dizendo:

— Já sei, deve ser um caranguejo de água doce.

Paralisado por ser confundido com um caranguejo, Pinóquio protestou, zangado:

— Um caranguejo, o quê? Julga que sou um caranguejo? Me respeite! Fique sabendo que sou um boneco.

— Um boneco? — repetiu o pescador. — Se fosse um boneco esperto não teria acabado na minha rede.

Ao ouvir essas palavras, o infeliz Pinóquio começou a chorar.

— Como seria melhor se eu tivesse ido à escola! — dizia, soluçando. Mas preferi ouvir maus companheiros e agora estou pagando caro por isso! *Snif*! *Snif*! *Snif*!

O pescador vendo aquele boneco chorar o orientou a tentar encontrar o rumo de casa (mais uma vez).

Pinóquio se colocou na estrada pensando de novo em como tinha errado.

— Como irei me apresentar à minha boa Fadinha? O que ela vai dizer quando me vir? Vai me perdoar nessa segunda vez? Aposto que não! Oh, tenho quase a certeza de que ela não me perdoará! E bem feito para mim. Vivo prometendo que vou me corrigir e jamais cumpro a minha palavra...

A noite estava escura quando chegou à cidade. Desabou uma tempestade e, como a chuva continuava caindo, ele foi direito à casa da Fada, esperando que, ao bater a campainha, ela o deixasse entrar. Mas, quando chegou à porta, faltou coragem e, em vez de bater, afastou-se uns vinte passos. Estava voltando para a porta, mas não conseguiu se decidir. Aproximou-se de novo e pela terceira vez não ousou bater; em vez disso, cansado, desmaiou.

Ao acordar viu que estava deitado no sofá, com a Fada ao seu lado.

— De novo, Pinóquio? Vou lhe perdoar mais uma vez — disse a Fada —, mas não continue se comportando mal!

Pinóquio prometeu e jurou que iria estudar e que, no futuro, teria sempre um comportamento exemplar.

Cumpriu sua palavra durante o resto do ano. E, nos exames que vieram antes das férias, teve a honra de obter o primeiro lugar. Seu comportamento se tornou tão satisfatório e digno de aplausos que a Fada, muito satisfeita, disse a Pinóquio:

— Amanhã seu grande desejo será realizado.

— Como?

— Amanhã você deixará de ser um boneco de madeira e se transformará em um menino.

Ninguém pode calcular a alegria de Pinóquio com essa notícia. Todos os seus colegas seriam convidados no dia seguinte para um lanche na casa da Fada, em comemoração ao grande acontecimento. A Fada prepararia xícaras de café com leite e rosquinhas cortadas em fatias, com manteiga dos dois lados. A festa prometia ser das mais divertidas, mas...

Infelizmente, na vida dos bonecos, há sempre um "mas" que estraga tudo.

# 23

Pinóquio, como de costume, pediu licença à Fada para percorrer a cidade e fazer os convites.

— Pode ir, se quiser — respondeu a Fada. — E convide seus companheiros para o lanche de amanhã, mas lembre-se: você tem que estar em casa antes de escurecer. Entendeu?

— Prometo estar de volta dentro de uma hora — respondeu o boneco.

— Tome cuidado, Pinóquio! Vocês, crianças, estão sempre prontas para prometer, mas geralmente não costumam cumprir o que prometem.

— Mas eu não sou igual aos outros. Quando digo uma coisa, faço.

— Veremos. Se for desobediente, será pior para você.

— Por quê?

— Porque as crianças que não ouvem os conselhos dos mais velhos são sempre castigadas, de um jeito ou de outro.

— Já tive provas disso — respondeu Pinóquio —, e nunca mais vou cair nesse erro.

— Vamos ver se isso é verdade.

Sem dizer mais, o boneco se despediu da boa Fada, que era para ele uma verdadeira mãe, e saiu pela rua, cantando e dançando.

Em menos de uma hora, todos os seus amigos estavam convidados. Alguns aceitaram o convite imediatamente, com a maior alegria; outros no começo enrolaram, mas, sabendo que as fatias de rosquinhas teriam manteiga dos dois lados, acabaram por dizer:

— Nós também iremos, para fazer a sua vontade.

Entre os amigos e colegas de Pinóquio, havia um de quem ele era muito amigo. Esse menino se chamava Romeu, mas todos o chamavam pelo apelido de Pavio de Vela, porque era comprido e magro como um pavio novo de vela.

Pavio de Vela era o menino mais preguiçoso e sapeca da escola, mas Pinóquio simpatizava com ele. Ele foi o primeiro que procurou para fazer o convite. Porém, quando chegou à sua casa, não o encontrou. Voltou, pela segunda vez, e Pavio de Vela ainda não tinha chegado. Voltou mais uma vez, em vão. Onde iria encontrá-lo? Pinóquio procurou por toda parte e, depois, descobriu que estava escondido no corredor da casa de um camponês.

— O que você está fazendo aí? — perguntou Pinóquio ao amigo.

— Estou esperando soar meia-noite para partir...

— Partir para onde?

— Para um lugar muito, muito, muito distante.

— Já fui três vezes à sua casa.

— O que queria?

— Amanhã deixarei de ser boneco para tornar-me um menino igual a você e aos outros.

— Que isso lhe traga bom proveito.

— Apareça amanhã para um lanche em minha casa.

— Mas se estou dizendo que parto esta noite...

— A que horas?

— Daqui a pouco.

— E para onde vai?

— Vou morar num país... o país mais bonito do mundo, a verdadeira terra da alegria!

— Como se chama esse país?

— Chama-se Terra dos Bobos. Por que não vai para lá também?

— Eu? Não, nunca!

— Faz muito mal, Pinóquio. Pode crer no que estou dizendo: se não for, irá se arrepender. Não pode haver terra melhor para nós, meninos. Lá não há escolas, não há professores, não há livros. Nesse país incrível, ninguém estuda. Às terças-feiras, nunca há aula e as semanas são compostas de seis terças-feiras e um domingo. Imagine você que as férias começam em janeiro e terminam no último dia de dezembro. Essa é a terra que combina comigo, assim deviam ser todos os países!

— Mas como a gente passa os dias na Terra dos Bobos?

— Brincando e se divertindo, de manhã até a noite. Quando anoitece, a gente vai para a cama e recomeça a mesma vida no dia seguinte. Que tal?

— Hum! — exclamou Pinóquio. — E sacudiu levemente a cabeça como quem diz: "Bem que eu gostaria de levar uma vida assim!"

— Quer ir comigo? Sim ou não? Resolva depressa — insistiu o menino.

— Não, não, não e não. Prometi à minha boa Fada tornar-me um menino bem-comportado e cumprirei a palavra. E como o sol já está se escondendo, preciso despedir-me de você e ir embora depressa. Até a volta e boa viagem!

— Para onde você vai com toda essa pressa?

— Para casa. Minha boa Fada quer que eu esteja de volta antes de escurecer.

— Espere mais dois minutos.

— Fica muito tarde.

— Só dois minutos.

— E se a Fada brigar comigo?

— Deixe-a brigar. Quando ela tiver brigado o bastante, irá parar de falar — replicou o atrevido Pavio de Vela.

— E você? Vai partir sozinho ou acompanhado?

— Vou com mais de cem meninos.

— E vão fazer a viagem a pé?

— Vamos em uma carroça que nos levará a essa terra maravilhosa.

— Que pena que a tal carroça não passa agora!

— Por quê?

— Queria ver vocês indo embora.

— Fique mais um pouco e verá.

— Não, não, preciso voltar para casa.

— Espere mais dois minutos apenas.

— Já esperei demais. A Fada deve estar preocupada com a minha demora.

— Pobre Fada! Tem receio de que você seja comido por algum morcego.

— Tem certeza de que não existem escolas nesse país? — perguntou Pinóquio.

— Nem sombra.

— E professores?

— Nenhum professor.

— E ninguém é obrigado a estudar?

— Não, nunca!

— Que terra incrível deve ser! — murmurou Pinóquio. — Nunca estive lá, mas posso imaginar...

— Por que não vai também?

— Não adianta tentar me convencer. Prometi à minha boa Fada que me tornaria um bom menino e não quebrarei a minha palavra.

— Até a volta, então, e dê lembranças a todos os meninos da escola quando os encontrar.

— Até a volta, Pavio de Vela! Boa viagem! Divirta-se bastante e lembre-se dos amigos.

Assim dizendo, o boneco deu dois passos à frente; depois parou e, voltando-se para o amigo, insistiu:

— Mas você tem certeza de que nesse tal país as semanas são compostas de seis terças-feiras e um domingo?

— Certeza absoluta.

— E garante que as férias começam em janeiro e acabam no último dia de dezembro?

— Claro que sim.

— Que terra incrível! — repetiu Pinóquio, maravilhado.

Depois, com ar determinado, acrescentou apressado:

— Dessa vez, até a volta, de verdade, e boa viagem!

— Até a volta!

— Quando vai partir?

— Daqui a pouquinho.

— Que pena! Se faltasse apenas uma hora, eu seria bem capaz de não resistir à tentação e esperar.

— E a Fada?

— Já é tarde... se eu voltar para casa uma hora mais cedo ou mais tarde dará na mesma.

— E se a Fada brigar com você?

— Paciência! Deixe-a brigar. Quando ela tiver brigado o bastante, irá parar de falar.

Anoiteceu e não se enxergava mais nada na escuridão. Então, os dois meninos viram ao longe uma luzinha que se movia e ouviram vozes e o som de campainhas, tudo tão fraco e abafado que parecia zumbido de pernilongo.

— Lá vem ela! — gritou Pavio de Vela, levantando-se.

— Quem? — perguntou Pinóquio, num cochicho.

— A carroça que vai me levar. Agora você precisa resolver de uma vez se vai: sim ou não?

— Mas é mesmo verdade que nesse tal país os meninos não são obrigados a estudar? — perguntou o boneco.

— Nunca, nunca, nunca!

— Que país incrível! Que país incrível! Que país incrível! — murmurou Pinóquio, já vencido pela tentação.

# 24

Finalmente chegou a carroça; e chegou sem fazer o menor ruído, pois tinha as rodas enroladas em trapos.

Era puxada por doze pares de burros, todos do mesmo tamanho, mas cada qual de uma cor.

Alguns eram cinzentos, outros brancos, outros malhados e outros, ainda, riscados de amarelo e azul.

Mas o mais extraordinário era isto: os doze pares, isto é, os vinte e quatro burros, em vez de serem selados como os outros animais de carga, usavam botas de camurça branca nas patas.

E o cocheiro?

Imaginem um homenzinho mais largo do que alto, derretido e gorduroso como manteiga, com a carinha redonda qual uma laranja. Todas as crianças adoravam ele, e disputavam entre si os lugares da carroça que ia conduzi-los à verdadeira terra da alegria, conhecida nos mapas geográficos pelo nome de Terra dos Bobos.

A carroça estava repleta de crianças de oito a doze anos de idade, amontoadas umas sobre as outras como sardinha em lata. O conforto de saber que dentro de poucas horas chegariam a uma terra onde não havia livros, nem escolas, nem professores tornava-os tão felizes e conformados que não sentiam nem cansaço, nem fome, nem sede, nem sono.

Assim que a carroça parou, o homenzinho virou-se para Pavio de Vela e, fazendo mil caretas e trejeitos, disse a ele, com um sorriso:

— Meu caro menino, você também gostaria de ir para esse maravilhoso país?

— Claro que sim.

— Pois eu devo avisá-lo, meu querido amiguinho... não há mais lugar na carroça. Você pode ver com os seus próprios olhos que a lotação está completa...

— Não faz mal — replicou Pavio de Vela. — Como não há mais lugar, darei um jeito de me acomodar sobre as correias.

— E você, meu querido? — perguntou o homenzinho, dirigindo-se a Pinóquio. — O que pretende fazer? Vai conosco ou fica?

— Fico — respondeu Pinóquio. — Vou para casa. Pretendo estudar e adquirir uma boa reputação na escola, como acontece com todos os meninos bem-comportados.

— Nesse caso, seja muito feliz!

— Pinóquio! — chamou Pavio de Vela. — Escute! Venha conosco! Será muito mais divertido.

— Não, não e não!

— Venha conosco! Será muito mais divertido — gritaram outras vozes do interior do carro...

— Mas se eu for com vocês, o que vai dizer a minha boa Fada? — respondeu o boneco.

— Deixe de pensar em coisas tristes. Considere apenas que estamos a caminho de um país onde poderemos brincar e correr livremente de manhã até a noite.

Pinóquio não respondeu: suspirou; tornou a suspirar mais duas vezes e por fim disse:

— Arranje um lugarzinho para mim, porque também vou.

— A lotação está completa, replicou o homenzinho; mas, para mostrar como a sua companhia nos deixa felizes, darei a você o meu lugar.

— Mas e o senhor?

— Oh, irei a pé.

— Não, não posso concordar com isso. Prefiro antes ir montado num desses burros — declarou Pinóquio.

Pinóquio montou, e o carro partiu. Enquanto os burros galopavam e a carroça era arrastada por sobre as pedras da estrada, o boneco julgou ter ouvido uma voz abafada, dizendo a ele:

— Pobre menino! Quis fazer o que deu na cabeça e vai se arrepender!

Meio assustado, Pinóquio olhou de um lado e de outro, tentando descobrir de onde poderiam ter vindo tais palavras, mas não viu ninguém.

Os burros galopavam, o carro rodava, os meninos dormiam. Pavio de Vela roncava e o homenzinho cantarolava entredentes:

*Durante a noite todos dormem,*
*Mas eu não durmo nunca...*

Depois de mais um quilômetro percorrido, Pinóquio tornou a ouvir a mesma voz abafada, que lhe dizia:

— Guarda isto na cabeça, menino ingênuo! Todas as crianças que se recusam a estudar e desprezam os livros, a escola e os professores, um dia ou outro acabam mal... Eu tenho experiência e posso afirmar isso. Ainda vai chegar o dia que chorarás como estou chorando agora... E, então, será tarde demais!

Ao ouvir essas palavras, sussurradas muito de leve, o boneco, mais amedrontado do que nunca, pulou do lombo do animal.

Imaginem a surpresa de Pinóquio ao descobrir que o burro estava chorando... Chorando como uma criança!

— Ei, senhor cocheiro — gritou Pinóquio para o homenzinho. — Eis aqui uma coisa extraordinária! Esse burro está chorando! Ele, por acaso, foi ensinado a falar?

— Não, mas passou três anos em companhia de cães adestrados e aprendeu a pronunciar algumas palavras. Vamos, vamos — continuou o homenzinho. Não nos faça perder tempo com lágrimas de burro. Monte nele e vamos embora; a noite está fria, e a estrada é comprida.

Pinóquio obedeceu. Na manhã seguinte, chegaram sãos e salvos à tal Terra dos Bobos, um país diferente de todos os outros países do mundo. A população era composta apenas por crianças. As mais velhas tinham quatorze anos e as mais novas, oito. Uns brincavam com petecas, outros com bolas. Alguns andavam de bicicleta, outros montavam cavalinhos de madeira. Um grupo brincava de esconde-esconde, outro de pega-pega. Crianças vestidas de palhaço recitavam, outras cantavam e saltavam. Riam, gritavam, batiam palmas, assobiavam e cacarejavam como fazem as galinhas quando põem ovos. Nas paredes das casas, escritas a carvão, viam-se frases como estas: *Viva a festa! Ninguém mais precisa ir para a escola! Abaixo a aritmética!* – e outras expressões semelhantes, todas muito mal escritas.

Pinóquio, Pavio de Vela e as demais crianças que fizeram a viagem com o homenzinho mal puseram os pés ali e já fizeram amizade com todo mundo.

No meio daquela contínua brincadeira e daquela infinita variedade de divertimentos, as horas, os dias e as semanas se passavam com a rapidez de um relâmpago.

— Oh, que vida deliciosa! — exclamava Pinóquio cada vez que esbarrava em Pavio de Vela.

— Diga-me agora se eu não tinha razão? — replicava o outro. — E pensar que você não queria vir! Pensar que você insistia em voltar para a casa da sua Fada para perder o tempo com estudos! Se neste momento você está livre da chateação de livros e escolas, é preciso que reconheça que deve isso a mim e aos meus conselhos. Só mesmo os verdadeiros amigos sabem prestar serviços como esse.

— É verdade, Pavio de Vela! Se agora sou um menino realmente feliz, devo isso a você.

Essa vida de alegrias continuou durante cinco meses. Os dias se resumiam a jogos e divertimentos, sem que ninguém pensasse em livros ou escola. Até que em certa manhã, ao despertar, Pinóquio teve uma surpresa muito desagradável.

# 25

A surpresa foi que Pinóquio, ao despertar, coçou a cabeça e, ao coçar a cabeça, descobriu com grande espanto que suas orelhas haviam crescido mais de vinte centímetros!

Saiu imediatamente à procura de um espelho onde pudesse se olhar, mas, não conseguindo encontrar nenhum, encheu a bacia do banheiro com água e viu o que certamente nunca desejaria ter visto. A sua cabeça estava enfeitada com um magnífico par de orelhas de burro!

Começou a chorar e quanto mais chorava, mais as orelhas cresciam. Ouvindo os gritos de Pinóquio, um bonito Rato, que morava no primeiro andar, veio ao seu quarto ver o que se passava. Encontrando-o naquele desespero, perguntou:

— O que aconteceu, meu amiguinho?

— Estou muito doente, muito doente, meu querido Ratinho... e de um mal que me enche de pavor. Você sabe conferir a pulsação?

— Mais ou menos.

— Então confira a minha, por favor, e também veja se, por acaso, estou com febre.

O Ratinho ergueu a mão direita e, depois de ter examinado Pinóquio, disse-lhe, suspirando:

— Meu amiguinho, lamento de verdade ter que dar a você uma má notícia...

— Qual?

— Você pegou uma febre muito perigosa!

— Que febre é essa?

— Chama-se febre da burrice.

— Pois é uma febre que não compreendo — replicou o boneco, embora a compreendesse muito bem.

— Eu explicarei — respondeu o Rato. — Saiba que dentro de duas ou três horas você não será mais um boneco nem menino!

— Então o que serei?

— Em duas ou três horas estará transformado em um perfeito burrinho, igual a esses que puxam carroças e carregam verduras e cereais para o mercado.

— Oh! Coitado de mim! Coitado de mim! — chorou Pinóquio.

— Meu caro menino — disse o Rato, para consolá-lo. — O que você pode fazer para evitar isso? É o destino. Está escrito nas leis da sabedoria que todas as crianças preguiçosas, que têm aversão aos livros, às escolas e aos professores e dedicam o tempo apenas para jogos, divertimentos e brincadeiras, mais cedo ou mais tarde se transformam em burrinhos.

— Mas isso é verdade mesmo? — indagou o boneco, soluçando.

— Mais do que verdade, e é inútil chorar. Você devia ter se lembrado disso antes!

— Mas não fui eu o culpado, pode acreditar, Ratinho. A culpa foi unicamente de Pavio de Vela!

— E quem é esse Pavio de Vela?

— Um dos meus colegas de escola. Eu queria voltar para casa, queria ser obediente. Desejava estudar e me tornar um bom menino...

— E por que seguiu os conselhos desse falso amigo, desse mau companheiro?

— Por quê? Porque sou um boneco sem juízo, meu caro Ratinho... um boneco sem juízo e sem coração... Ah! Se eu tivesse um pouco de coração, não teria abandonado a bondosa Fada que me amava como as mamães amam seus filhos, e que tem feito tanto por mim! E eu não seria mais boneco..., pois a essas horas estaria transformado num menino igual a tantos outros!

E virou-se para sair. Mas, ao alcançar a porta, lembrou-se das suas orelhas de burro e teve vergonha de aparecer com elas em público. O que fez então? Arranjou um gorro de lã e, colocando-o na cabeça, enterrou-o até a ponta do nariz.

Feito isso, saiu e andou por toda a parte em busca de Pavio de Vela. Procurou nas ruas, nas praças, nos circos, em todos os lugares possíveis – mas não o encontrou. Perguntou por ele para todo mundo. Ninguém o vira.

Foi então à casa dele e, ao alcançar a porta, bateu.

— Quem é? — perguntou Pavio de Vela, de dentro da casa.

— Sou eu! — respondeu o boneco.

— Espere um momento que já vou abrir.

Meia hora depois, a porta se abriu. Imaginem o espanto de Pinóquio ao encontrar seu amigo Pavio de Vela com um enorme gorro de lã enterrado até o nariz.

Ao ver o gorro, Pinóquio sentiu-se quase consolado e pensou consigo mesmo: *Será que o meu amigo pegou a mesma doença que eu? Ele também está com a febre da burrice?*

E fingindo não ter notado nada, perguntou-lhe, sorrindo:

— Tudo bem, Pavio de Vela?

— Muito bem.

— Está falando sério?

— Por que mentiria?

— Desculpe, mas por que está com esse gorro de lã cobrindo as suas orelhas?

— O médico me recomendou usá-lo porque machuquei o joelho. E você, por que está usando esse gorro enterrado até o nariz?

— O médico me recomendou usar o gorro, por ter arranhado o pé. Apenas por curiosidade, meu caro Pavio de Vela, você nunca teve nada nas orelhas?

— Nunca! E você?

— Também nunca! Mas esta manhã uma delas começou a doer.

— A minha também.

— Também? E qual das suas orelhas é a que dói?

— As duas. E você?

— As duas também. Será que pegamos a mesma doença?

— Acho que sim.

— Quer me fazer um favor, Pavio de Vela?

— Com todo o prazer.

— Pode me mostrar como estão as suas orelhas?

— Por que não? Mas antes, Pinóquio, eu gostaria de ver as suas.

— Não, você mostra primeiro.

— Não! Primeiro você, depois eu!

— Pois bem — respondeu o boneco —, o melhor é entrarmos em um acordo, como bons amigos.

— Vejamos.

— Nós dois tiraremos o gorro ao mesmo tempo. Concorda?

— Concordo.

— Nesse caso, atenção!

E Pinóquio começou a contar em voz alta:

— Um! Dois! Três!

Nesse momento, os dois meninos tiraram os gorros e os jogaram para o ar. Seguiu-se então uma cena que pareceria impossível, se não fosse verdadeira. É que quando Pinóquio e Pavio de Vela descobriram que tinham sido atingidos pela mesma infelicidade, em vez de ficarem aflitos e aborrecidos, ergueram as enormes orelhas e depois de mil caretas soltaram uma gargalhada. Riram muito deles mesmos, rolaram de rir. Mas, em meio a essa alegria, Pavio de Vela parou subitamente de rir e, mudando de cor, disse ao amigo:

— Socorro, socorro, Pinóquio!

— O que houve?

— Meu Deus, não posso mais ficar em pé!

— Nem eu — exclamou Pinóquio, tropeçando e começando a chorar.

Então, os dois começaram a correr de quatro pelo quarto. Enquanto corriam, suas mãos e pés criavam cascos, seus rostos ficavam compridos até virarem focinhos e suas costas cobriam-se de pelo cinzento malhado de preto.

Esmagados pela vergonha, ambos começaram a chorar e a lamentar o destino. Ah, se tivessem sido mais espertos! Mas, em vez de soltarem suspiros, eles só conseguiam relinchar como dois burrinhos.

Enquanto isso, alguém bateu e uma voz disse do lado de fora:

— Abram a porta! Eu sou o homenzinho, o cocheiro que os trouxe a este país.

# 26

— Muito bem, pequenos! Vocês relincharam tão bem que os reconheci pela voz. É por isso que estou aqui.

O homenzinho levou os dois ao mercado, na esperança de vendê-los por um bom preço.

E, na verdade, compradores não faltaram. Pavio de Vela foi comprado por um camponês, cujo burrico morrera na véspera. Pinóquio foi vendido ao diretor de um circo de cavalinhos, que o adquiriu com o intuito de ensiná-lo a saltar e dançar como os outros animais da sua trupe.

Depois de ensinar alguns truques a Pinóquio, seu novo dono anunciou um espetáculo. Cartazes coloridos foram colocados em todas as esquinas, com as seguintes palavras:

**GRANDIOSO ESPETÁCULO DE GALA**

**HOJE À NOITE**

O TEATRO SERÁ BRILHANTEMENTE ILUMINADO POR NÚMEROS SENSACIONAIS E SURPREENDENTES, EXECUTADOS POR TODOS OS ARTISTAS E CAVALOS DA COMPANHIA, COM A ESTREIA DO ILUSTRE

**BURRINHO PINÓQUIO**

CONHECIDO COMO

**O ASTRO DA DANÇA**

Uma hora antes de começar o espetáculo, o teatro já estava cheio. Não havia mais lugar livre nem na plateia nem nos camarotes. As arquibancadas que rodeavam o circo estavam repletas de crianças de todas as idades, ardendo de impaciência para ver o famoso burrinho Pinóquio dançar.

Quando a primeira parte do *show* terminou, o diretor da companhia, vestindo um casaco preto, calças brancas e enormes botas de couro que chegavam até os joelhos, apresentou-se ao público com uma profunda reverência e começou a pronunciar o seguinte discurso:

— Respeitável público, senhoras e senhores! O nosso querido circo, de passagem por esta ilustre cidade, concedeu a mim a honra de apresentar a esta inteligente e refinada audiência o talentoso burrinho que já teve a honra de dançar na presença de Sua Majestade, o Imperador, e de todas as principais cortes da Europa. Agradeço a todos por sua inspiradora presença em nosso humilde espetáculo. Divirtam-se!

Esse discurso foi recebido com muito riso, e os aplausos dobraram e se tornaram um verdadeiro alvoroço quando o burrinho surgiu na arena.

Por sorte, Pinóquio viu, em uma das arquibancadas, uma mulher e imediatamente reconheceu a sua protetora. Louco de alegria, tentou gritar:

— Oh, minha Fadinha! Oh, minha Fadinha!

Mas, em lugar de palavras, o que saiu da sua garganta foi apenas um relincho, tão sonoro e prolongado que todos os espectadores começaram a rir, principalmente as crianças, que eram a maioria no teatro.

O diretor da companhia não gostou nada disso. E, vendo que Pinóquio não serviria para trabalhar no circo, o libertou. O burrinho saiu correndo tão feliz que acabou chegando no mar! E ao entrar na água uma coisa mágica aconteceu... ele voltou a ser boneco!

Talvez tenha sido o efeito da água salgada ou a alegria de ter se livrado do circo... o que importa é que Pinóquio tinha voltado a ser um boneco e como já estava no mar resolveu nadar até encontrar Gepeto.

Pinóquio nadou por dias e já estava quase desistindo de sua missão, quando finalmente avistou a cabeça de um terrível monstro marinho.

E vocês sabem qual era esse monstro marinho?

Nem mais nem menos do que o gigantesco Tubarão.

O monstro alcançou o boneco e o engoliu fazendo Pinóquio parar direto na sua barriga. O boneco tentou escutar algo lá de dentro, mas não ouviu o menor ruído; de vez em quando, grandes rajadas de vento batiam em seu rosto. A princípio, não pôde compreender de onde vinha tal vento, mas por fim descobriu que saía dos pulmões do monstro. O Tubarão sofria muito de asma e quando respirava provocava um vento muito forte.

Nos primeiros momentos, Pinóquio quis se fazer de corajoso, mas quando viu que estava preso na barriga de um monstro marinho, começou a chorar e a gritar.

— Socorro! Socorro! — exclamava entre soluços. — Será que alguém poderá me salvar dessa vez?

Então, viu uma luzinha no fundo da barriga do tubarão e começou a caminhar em direção a ela.

Quanto mais avançava, mais brilhante se tornava a luz. E, ao alcançá-la, encontrou uma mesinha posta, sobre a qual havia uma vela acesa, espetada numa garrafa; e, sentado a essa mesa, estava um velhinho.

Diante dessa cena, Pinóquio foi tomado por uma alegria tão grande que dava a impressão de ter enlouquecido. Queria rir, queria chorar, queria dizer mil coisas, e não conseguia mais do que gaguejar palavras confusas. Por fim, pôde soltar uma exclamação de alegria e, abrindo os braços, atirou-se ao pescoço do velhinho.

— Oh! Meu querido papai! Encontrei-o afinal! Nunca mais o abandonarei, nunca mais, nunca mais!

— Será que é verdade o que vejo? — exclamou o velhinho, esfregando os olhos. — Então é você? Você realmente é o meu querido Pinóquio?

— Sim, sim, sou eu, Pinóquio, o verdadeiro Pinóquio! Oh, meu querido e bom papai! Oh!, mas se você pudesse saber tudo que me aconteceu!

Com as palavras saindo, aos tropeços, uma após a outra, Pinóquio contou tudo o que aconteceu com ele.

— E há quanto tempo você está preso aqui dentro? — perguntou Pinóquio.

— Deve fazer dois anos. Dois anos, meu querido Pinóquio, que me parecem dois séculos!

— Nesse caso, meu querido papai, não há tempo a perder — disse Pinóquio. Precisamos pensar em fugir...

— Fugir? Mas como?

— Precisamos escapar pela boca do Tubarão. Temos que nos lançar ao mar e fugir nadando.

— O seu plano parece muito bom; mas, meu querido Pinóquio, eu não sei nadar.

— Não tem problema! Sou um bom nadador, e você poderá ir agarrado aos meus ombros que eu o levarei tranquilamente até a praia.

— Tudo ilusão, meu filho! — replicou Gepeto, sacudindo a cabeça com um sorriso triste. — Acha possível que um boneco como você, que mal tem um metro de altura, tenha força para nadar e me levar de carona?

— Vai dar certo!

Sem mais uma palavra, disse a seu pai:

— Siga-me e não tenha medo.

Ambos caminharam por algum tempo, atravessando o estômago do Tubarão. Mas, quando chegaram ao ponto em que começava a enorme garganta do monstro, acharam melhor parar para examinar o local e escolher o momento mais apropriado para a fuga.

Ora, meus caros leitores, preciso contar a vocês que o Tubarão tem uma idade avançada e sofre de asma e palpitações, por isso, costuma dormir de boca aberta. Pinóquio, portanto, quando se aproximou da sua garganta e olhou para cima, viu, além da colossal boca, uma larga faixa de céu, iluminada pelo luar.

— Esse é o momento de fugirmos — cochichou para seu pai. — O Tubarão está dormindo pesado, o mar está calmo e a noite, clara como dia. Siga-me, querido papai, que em pouco tempo estaremos salvos.

Imediatamente subiram pela garganta do monstro marinho e, tendo alcançado a enorme boca, começaram a caminhar nas pontas dos pés pela sua língua.

Antes de dar o último salto, o boneco disse a seu pai:

— Pule para as minhas costas e agarre-se ao meu pescoço. Eu cuidarei do resto.

Assim que Gepeto se apoiou bem nos ombros do filho, Pinóquio lançou-se às águas e começou a nadar. O mar estava calmo como um lago, a lua brilhava em um céu muito límpido e o Tubarão dormia tão profundamente que nada o teria despertado.

# 27

Enquanto Pinóquio nadava rapidamente em direção à praia, notou que seu pai, que ia em seus ombros com as pernas dentro da água, tremia muito. Estaria ele tremendo de frio ou de medo? Talvez fosse um pouco de cada. Mas, julgando que fosse medo, o boneco disse para consolá-lo:

— Coragem, papai! Em poucos minutos estaremos na praia sãos e salvos.

— Mas onde fica essa bendita praia? — perguntou o velhinho, amedrontado. Olho em todas as direções e só vejo céu e mar.

— Pois eu enxergo perfeitamente a praia — respondeu o boneco. — Fique sabendo que sou como os gatos, enxergo melhor à noite do que de dia.

O pobre Pinóquio fingia grande animação, mas, na realidade, começava a perder a coragem: estava ficando fraco e, já sem fôlego, respirava com grande dificuldade... logo não haveria o que fazer, a praia ainda estava muito longe.

Continuou a nadar até não poder mais e então, voltando a cabeça para Gepeto, disse, com palavras entrecortadas pelo cansaço:

— Papai... Ajude-me... Não estou aguentando mais!

Pai e filho estavam prestes a ir para o fundo, quando ouviram uma voz desafinada dizer:

— Quem é que não aguenta mais?

— Sou eu, eu e meu pobre pai!

— Parece que conheço essa voz! Não é você, Pinóquio?

— Sim. E você, quem é?

— Sou o Atum, eu também estava na barriga do Tubarão.

— E como conseguiu fugir?

— Segui o seu exemplo e consegui escapar logo depois.

— Atum, você chegou no melhor momento possível! Socorra-nos, por favor, ou estaremos perdidos.

— Com todo o prazer. Vocês dois precisam apenas se agarrar à minha cauda e deixar que eu os conduza. Chegaremos à praia em quatro minutos.

Não é preciso dizer que Gepeto e Pinóquio aceitaram imediatamente a oferta!

Chegando à praia, Pinóquio foi o primeiro a saltar para a terra, ajudando o pai a fazer o mesmo. Então, disse ao Atum, com a voz trêmula:

— Meu amigo, você acaba de salvar a vida de meu pai. Não encontro palavras capazes de demonstrar minha gratidão. Permita-me ao menos lhe dar um abraço como sinal do meu eterno reconhecimento...

O Atum pôs a cabeça para fora da água, e Pinóquio, ajoelhando-se na areia, abraçou-o com ternura. Diante dessa espontânea prova de afeto, o pobre Atum, que não estava habituado a tais manifestações, sentiu-se extremamente emocionado e, com vergonha, mergulhou a cabeça na água e desapareceu.

A manhã começava a raiar. Oferecendo o braço a Gepeto, que mal tinha forças para manter-se em pé, Pinóquio disse a ele:

— Apoie-se em meu braço, querido papai, e vamos. Caminharemos devagar, como as formigas, e quando nos sentirmos cansados, descansaremos um pouquinho.

— E para onde iremos? — indagou Gepeto.

— Logo encontraremos alguma casa onde nos façam a caridade de nos dar um pedaço de pão e um pouco de palha para dormirmos.

Não tinham andado muito e avistaram dois mendigos na estrada.

Eram a Raposa e o Gato, porém, irreconhecíveis. Imaginem que o Gato tanto se fingiu de cego que acabou não conseguindo mais enxergar, de verdade; e a Raposa se tornou velha, sarnenta e não conseguia mais mover um dos lados do corpo, nem cauda tinha mais.

— Oh, Pinóquio! — exclamou a Raposa —, por caridade, dê uma esmola a estes dois pobres coitados.

— Coitados, sim — repetiu o Gato.

— Impostores! — replicou o boneco. — Vocês já me enganaram uma vez, mas nunca mais cairei nas mentiras de vocês.

— Acredite, Pinóquio, agora somos realmente pobres e infelizes!

— Ah é? Pois saibam que as atitudes trazem consequências. Lembrem-se do ditado: "Quem semeia vento colhe tempestade". Agora, sumam daqui, impostores!

E, assim, Pinóquio e Gepeto seguiram em paz seu caminho. Depois de caminharem mais uns cem metros, avistaram, no meio dos campos, uma pequenina cabana de palha.

— Alguém deve morar naquela cabana — disse Pinóquio. — Vamos bater lá.

Foram e bateram à porta.

— Quem é? — perguntou uma vozinha vinda do interior da casa.

— Somos um pai e um filho sem pão e sem teto — respondeu o boneco.

— Virem a chave e abram a porta — disse a vozinha.

Pinóquio virou a chave e a porta se abriu. Entraram, mas, olhando para todos os cantos, não encontraram ninguém.

— Oh! Onde está o dono da casa? — perguntou Pinóquio, espantado.

— Estou aqui em cima.

Pai e filho ergueram os olhos e viram, pousado numa viga, o Grilo Falante.

— Oh, meu caro Grilinho! — disse Pinóquio, fazendo-lhe uma gentil mesura.

— Ah! Agora chama-me o "meu caro Grilinho", hein? Lembra-se do dia que reclamou de mim e me expulsou da sua casa?

— Tem razão, Grilo! Pode me expulsar também..., mas tenha compaixão do meu pobre papai!

— Terei compaixão dos dois, mas quis recordar o mau tratamento que recebi para que você veja que, neste mundo, devemos ser educados com todos.

— Tem razão, Grilo, tem razão. E nunca mais esquecerei a lição que você me deu. Mas, conte-nos, como conseguiu comprar esta linda cabana?

— Esta cabana me foi dada por uma mulher muito bondosa que você também conhece.

— Só pode ser a minha querida Fadinha... — exclamou Pinóquio, chorando e soluçando.

Depois de muito chorar, enxugou os olhos e preparou uma confortável cama de palha para Gepeto. Feito isto, perguntou ao Grilo:

— Diga-me, Grilinho, onde poderei arranjar um pouco de leite para meu pobre papai?

— Na terceira propriedade depois desta, há um sítio e lá vivem algumas vacas. O dono do lugar se chama Giangio. Vá procurá-lo e ele lhe arranjará quanto leite quiser.

Pinóquio correu à casa de Giangio.

— Quanto quer de leite? — perguntou-lhe o homem.

— Quero um copo bem cheio.

— Um copo de leite custa uma moeda de cobre. Antes de mais nada, passe para cá o dinheiro.

— Não tenho dinheiro algum — replicou Pinóquio, contrariado e aflito.

— É uma pena, boneco — respondeu Giangio. — Se você não tem nenhuma moeda, também eu não tenho nenhuma gota de leite.

— Paciência! — suspirou Pinóquio, pronto para voltar para a cabana sem o leite.

— Espere um pouco — disse Giangio. — Podemos chegar a um acordo. Quer trabalhar na bomba d'água para mim?

— O que é isso?

— É uma máquina que serve para tirar a água do poço. Preciso regar a horta.

— Posso experimentar...

— Pois bem, se você tirar cem baldes de água, darei como recompensa o copo de leite.

— Está feito.

Giangio levou Pinóquio ao quintal e ensinou-o a manejar a bomba. No mesmo instante, Pinóquio começou a trabalhar; porém, antes mesmo de tirar os cem baldes de água, já estava suando da cabeça aos pés. Nunca sentira um cansaço tão grande.

Ao terminar pegou seu tão suado copo de leite e voltou à cabana.

Desde aquele dia, por mais de cinco meses, continuou a levantar-se bem cedo para ir trabalhar na bomba d'água, para ganhar o leite que fazia tão bem à saúde de seu pai. Mas isso não o contentou; durante suas horas de folga, fabricava cestas de vime para vender. Com o dinheiro, conseguia cobrir todas as despesas diárias. Entre outras coisas, construiu uma elegante cadeirinha de rodas na qual podia levar seu pai a passeio nos dias de sol, para que respirasse um pouco de ar puro.

Com sua habilidade, empenho, ânimo e perseverança no trabalho, ele não só conseguiu sustentar e dar algum conforto a seu pai como ainda economizou quarenta moedas para comprar uma roupa nova para si.

Uma bela manhã, disse ao pai:

— Vou até a aldeia mais próxima comprar uma blusa, um gorro e um par de sapatos para mim. Quando eu voltar — acrescentou rindo —, virei tão bem-vestido que o senhor poderá até me confundir com um homem refinado.

E partiu correndo, feliz e satisfeito. De repente, ouviu que alguém o chamava pelo nome. Era uma enorme Lesma que logo falou:

— Meu caro Pinóquio, tenho notícias sobre sua boa Fada. Ela está doente, em um hospital...

— Em um hospital?

— Infelizmente essa é a verdade. Em consequência de uma série de infortúnios, está gravemente doente e não tem condições de comprar um pedaço de pão sequer.

— Não me diga! Que tristeza me causa essa notícia! Oh, pobre Fada! Pobre Fada! Pobre Fada! Se eu fosse milionário, daria a ela toda a minha fortuna... Mas não tenho mais do que quarenta moedas. Aqui estão elas. Tome-as, Lesma, leve-as imediatamente à minha boa Fada.

— E a sua roupa nova?

— Que importância tem a minha roupa nova? Eu venderia até estes farrapos que me restam para poder ajudá-la. Vá, Lesma, e vá depressa; daqui a dois dias volte a este mesmo lugar, pois espero poder doar mais algum dinheiro. Até este momento, tenho trabalhado para sustentar meu pai; de hoje em diante, trabalharei quatro horas a mais para sustentar também a minha boa mamãe. Adeus, Lesma, estarei à sua espera depois de amanhã.

Nessa noite, em vez de ir se deitar às dez horas, Pinóquio ficou acordado até tarde – e, em vez de fazer oito cestas de vime, fez dezesseis.

Só então foi para a cama. Enquanto dormia, sonhou com a Fada, linda e risonha, que, depois de beijá-lo, disse a ele:

— Bravo, Pinóquio! Para recompensar o seu bom coração, perdoo você por tudo o que fez. As crianças que cuidam de seus pais com amor e os socorrem em suas necessidades e enfermidades merecem grande consideração e afeto, ainda que não sejam exemplos de obediência e bom comportamento. Procure se tornar ainda melhor no futuro e será muito feliz!

Nesse momento, o sonho terminou, e Pinóquio abriu os olhos.

Imaginem o espanto quando saiu da cama e descobriu que não era mais um boneco de madeira! Tinha se transformado em um menino de verdade, igual a todos os outros! Lançou um olhar ao redor e viu que as paredes de palha da cabana haviam desaparecido: agora ele estava em um lindo quartinho mobiliado e decorado com elegante simplicidade. Saltando da cama, encontrou um terno novo, um gorro e um par de botinas, que lhe serviam maravilhosamente.

Mal acabou de se vestir e, por instinto, pôs as mãos no bolso. Nele havia um pequeno porta-moedas, com um pequeno bilhete, no qual estavam escritas estas palavras:

*A Fada devolve ao querido Pinóquio as quarenta moedas e agradece a sua bondade.*

Pinóquio abriu a bolsinha e, em lugar de quarenta moedas de cobre, encontrou quarenta moedas de ouro novinhas em folha.

Então, foi se olhar no espelho e não se reconheceu. A imagem que viu não era mais a de um boneco de madeira. Em vez disso, pôde contemplar a figura de um menino inteligente, de cabelos castanhos e com uma expressão de pura alegria. Em meio àquela série de milagres, que aconteciam em sequência, Pinóquio sentiu-se completamente perplexo, sem saber se estava realmente acordado ou sonhando de olhos abertos.

— Onde está papai? — exclamou de repente e, dirigindo-se ao quarto vizinho, encontrou o velho Gepeto completamente saudável, alegre e bem-disposto, como era antes.

O bom senhor já voltara ao trabalho e estava desenhando uma bela moldura de folhas, flores e animais.

— Por curiosidade, meu querido papai — disse Pinóquio, abraçando-o e cobrindo-o de beijos — Qual será a causa dessa repentina transformação?

— Toda essa transformação em nosso lar deve-se a você, meu filho — respondeu Gepeto.

— Eu? Mas como?

— Quando um menino malcomportado se corrige, adquire o dom de dar alegria e felicidade à família.

— Ora, como eu era bobo enquanto fui boneco! E como sou feliz agora que me tornei um menino de verdade, bem-comportado, responsável e gentil!

FIM

GRANDIOSO
ESPETÁCULO DE GALA
BURRINHO
PINÓQUIO
CONHECIDO COMO
O ASTRO DA DANÇA

# MONTEIRO LOBATO

José Bento Monteiro Lobato nasceu em Taubaté, interior de São Paulo, no dia 18 de abril de 1882. Segundo biógrafos, seu nome de batismo era José Renato, mas ele pediu para alterar o registro após receber como herança do pai uma bengala com a inscrição "J.B.M.L.".

Ícone da literatura infantil brasileira — o Dia Nacional do Livro Infantil é celebrado justamente todo dia 18 de abril —, Monteiro Lobato formou-se em Direito pela Faculdade de Direito de São Paulo em 1904, mas foi no trabalho como editor, tradutor e escritor que encontrou seu caminho. Lobato colaborou com o jornal O Estado de S. Paulo e foi proprietário da Revista do Brasil. Foi ainda um dos fundadores das editoras Companhia Editora Nacional e Brasiliense. Na política, foi um grande entusiasta da indústria nacional, defensor da nossa soberania no campo do petróleo, e atuou como adido cultural do Brasil em Nova York, durante o governo de Washington Luís.

Apesar de se destacar na política e nos negócios no ramo editorial, foi com a literatura, e sobretudo para as crianças, que Monteiro Lobato se consagrou. Basta lembrar dos fascinantes 23 livros da série *Sítio do Pica-Pau Amarelo*, estrondoso sucesso editorial, traduzido para diversos idiomas e transformado em programas de TV e desenho animado, obras que encantam gerações de leitores desde o seu lançamento. Além disso, o escritor de Taubaté foi responsável por traduzir e divulgar os grandes clássicos da literatura infantojuvenil universal.

Monteiro Lobato faleceu no dia 4 de julho de 1948, na cidade de São Paulo. Seu legado, porém, segue vivo no imaginário de milhões de brasileiros e brasileiras.

FARO EDITORIAL

ESTA OBRA FOI IMPRESSA
EM AGOSTO DE 2022